達賴喇嘛的貓3

心念的力量

大衛・米奇

心心念念推薦

很喜歡書中的一段話：「心念就像一座花園；是你選擇要種出什麼的；雜草或鮮花？」『因果』告訴了我們，你種下了什麼？『生活』傳遞了訊息，要你趕快換種子。

——心玲《懂了！》

書中最觸動我心的一句話是「完美是善良的敵人」，我們經常以自己惱人的完美主義沾沾自喜，卻沒想到那個對自己的嚴苛與殘忍，正形成我們對所有人的態度。達賴喇嘛的貓並沒有因為出到第三集而降低一分精彩度，而這次的主題——「正念」（覺知）與「靜心」，正是究竟解脫煩惱的唯一辦法，對我這個孜孜矻矻在砥礪自己並訓練學生做這兩樣功課的老師而言，是非常驚喜的事。

——田安琪《天界的52則聖諭》

壓力、痛苦大到不行嗎？「喵的力量」提醒我們走出大腦、活在當下，專注當下的正念跟快樂有直接的關係，因為正念覺察能使我們擺脫想法的束縛，跟感覺重新連結，產生療癒的力量，令人感到平靜與快樂，從而全然的活著。

——黃英傑 博士（第三世巴麥欽哲仁波切）

你有沒有發現到，現在就算要跟從小一起長大、住得很近的好朋友吃一頓飯，也都變得好難。可惜的是，吃飯的過程中我們往往不停滑著手機，跟不在現場的「別人」、「未來」對話。念頭本身無法控制，但他淹沒了我們感受當下的能力、憑空創造更多的焦慮，這正是現代人的悲傷。所以，想要沒有壓力、不憂鬱的快樂人生嗎？先從專注地感受當下，好好吃頓飯開始吧！

——熊仁謙（大寶法王佛學顧問）

從香港飛往台灣候機的途中，我打開信箱閱讀此書。它就像一道真光耀映著偌大的機場，霎時間機場中帶著各種心情的各色人種彷彿都得到了片刻的安祥。這是我第二次為這隻貓作推薦。作者藉由一隻貓的視角探討靜心靜坐的偉大力量，書中用有趣詼諧的橋段帶領讀者從一名心靈的門外漢進入不可思議的靈性殿堂。深入淺出的詞句沒有太多的大道理卻貼近生活字字珠璣。指導人們在匆忙和壓力之下如何透過心念的力量覓得自在的呼吸。

——謝明杰《老神再在》

THE POWER OF MEOW

喵一下～很有力！

我與幾位禪師同住；
他們——都是貓。

——艾克哈特・托勒，《當下的力量：找回每時每刻的自己》作者

心念是一切作為的前兆，
一切行為皆由心念所引發、所開創。

若以清靜的心念，或言或行，
那麼，樂之必然相隨，將如影之不離身形。

——佛陀，《法句經》

主要人物介紹

達賴喇嘛：西藏第十四世達賴喇嘛尊者，於印度「達蘭薩拉」的「麥羅甘吉」（McLeod Ganj，西藏村）成立流亡政府。某次從機場返國途中，解救了當時被包在報紙裡，快要被當垃圾丟棄的一隻剛出生的喜馬拉雅貓。

尊者貓：英文縮寫為ＨＨＣ，其他如「貓澤東、小雪獅、仁波切、斯瓦米、創世紀以來最美生物」都是她的別名。她出生在德里，屬於喜馬拉雅品種，因為被兩個流浪兒強行奪走，從此與母親兄姐分離。幸得達賴喇嘛收留，在尊者的膝上學習佛法智慧。

大昭寺：達賴喇嘛的官邸與辦公所在的寺院。

尊勝寺：藏傳佛教比丘與喇嘛起居的寺院，每日清晨五點以前，他們會從尊勝寺前往大昭寺集合做晨間靜坐。

丹增：英國牛津大學畢業，專業外交家，協助尊者處理國際事務。

春喜太太：大昭寺廚房的義大利籍主廚，歌劇性格人物。她的女兒是瑟琳娜。

瑟琳娜：瑟琳娜·春喜，曾負笈歐洲學習廚藝，並服務於比利時三星級餐廳。因為母親召喚，回到麥羅甘吉休假，並於老闆法郎回美國探親時，代管「喜馬拉雅·書·咖啡」並於後來與法郎共同管理。

陸鐸：陸鐸維格，於一九六〇年代早期應《西藏七年》一書作者海希·哈勒（Heinrich Harrer）召喚而來到麥羅甘吉。結識達賴喇嘛之後，受尊者本人鼓勵而開設「下犬瑜伽教室」。

奧力佛：達賴喇嘛的新任翻譯官，也是尊者首次聘任的西方人士。他來自英國伯克郡，其父是英國國教會牧師，成長於濃厚的英國國教會風格的家庭；約於十五年前受具足戒而成為藏傳佛教比丘。他除了能夠在藏文與英語之間自由轉換之外，也能流利使用六種其它語言。

瑜伽師塔欽：他雖然不是比丘，然而所有人都因為他在冥想靜坐方面的成就而敬重他。關於他的故事都是傳奇。

席德：原為家道中落的王孫之後，因為生財有道，恢復財勢，是個樂於扶助弱勢的成功商人。與瑟琳娜同為「下犬瑜伽教室」學員。

紗若：席德的女兒。母親因車禍過世時，她才五歲。現年十四歲。

瓦齊爾夫人：席德的前岳母。她一心一意只想鞏固社會地位，認為女兒——也就是紗若的母親——選擇嫁給席德，有辱門楣。

喜馬拉雅·書·咖啡：原為「法郎咖啡館」，因擴增了書店區而更名。

山姆：山姆·戈德伯格，「喜馬拉雅·書·咖啡」書店經理。

目錄

前言：靜坐如何救了一隻想太多的貓　011

第一章　015
來訪嘉賓：廚房女神春喜太太。靜坐（冥想）。
那你呢？你又有多少念頭肯讓別人看見？如果真讓人看見了，你還會有朋友嗎？啊？請告訴我。
「痛苦（Pain）是無可避免的，」達賴喇嘛說道：「受苦（Suffering）則是自己選擇的。我們都必須忍受創傷和指責。我們可以找到一條出路，放下這些苦，不再讓自己受苦呢？」

第二章　039
來訪嘉賓：美國人氣網路明星。正念。靜坐。
『正念的想法』和『思考』並不一樣，對嗎？
達賴喇嘛說：「有個故事流傳很廣，說的是曾有沙彌問一個開悟大師說：『請告訴我，快樂的祕密是什麼？』大師告訴他：『我吃，我走路，我睡覺。』」

第三章　063
來訪嘉賓：咖啡館主人法郎。負面想法。
你老是對某人不好嗎？你常常會瞧不起某個特定的人嗎？
旺波格西：「所以，放輕鬆吧。放下你想像出來的那些關於你自己的故事，因為都只是些故事罷了。別這麼認真看待。不要欺騙自己，不要相信『我想的就是真的』。」

第四章　093
來訪嘉賓：瓦齊爾夫人。所有行動都會帶來結果。

啊～仁波切！我知道我太常把您當做治療師了，但是我真的不知道怎麼辦才好！

瑜伽師塔欽：「美好的一天，不是嗎？」瑜伽師塔欽說，「在院子裡的一個美好午後，比起迷失在個人認知當中，在此時此地要好得多了。」

第五章　115
來訪嘉賓：奧力佛。「貓砂」公司主管。靜坐的力量。尊者的狗HHD。

你有在靜坐嗎？

達賴喇嘛說道：「我們在西藏有句關於靜坐與道德的諺語。對一個沒有在靜坐的人而言，不道德的行動猶如一根落在手心的毛髮。對一個練習靜坐的人而言，不道德的行動猶如一根飄進眼睛裡的毛髮——問題可大了。規律靜坐的話，人們很自然地能培養出道德上較強的覺察力。」

第六章　145
來訪嘉賓：洛桑・羅田。伏藏TERMA。極樂貓薄荷。前世逃難場景。

想要更有覺察力的話，有沒有什麼特別的事情，我們應該努力嘗試的？

達賴喇嘛說：「當我們最終得以解脫心念的紛擾時，你知道會是怎樣的……」「沒錯，」倫督格西同意道：「我們好像會被制約在兩種狀態的其中一種：不是躁動，就是睡覺。」

第七章　169
來訪嘉賓：春喜太太母女。法郎。園藝，就像靜坐。

什麼思想會帶來最大的快樂？

尊者點點頭：「妳說得沒錯。我們的本能是只想著自我，關於『我』的事情。我們常見的口頭禪就是『我、我、我、我、我』。」他微微笑道。

第八章　193

來訪嘉賓：紗若。真相是自己去找出來的；也要容許別人自己去找出真相。以心觀心。

為什麼要那麼努力去瞭解心念如何影響身體呢？

阿妮卓瑪說：「我們唯一要做的就是放下所有阻礙自己內心平靜的騷動。要守住心念原初的本性。這非常有用——不只適用在正式的靜坐，當我們在處理困難的情境時也是很有用的。」

第九章　225

來訪嘉賓：達賴喇嘛。大道至簡。留餘地給他者自行領悟、行動。

受苦會帶來成長。難道不是這樣嗎？

奧立佛說：「『靜坐』和『醫藥』這兩字源自於同一個拉丁文字根，medeor，原意就是『療癒』或『使——完整』我們的每一個念頭裡都帶著能量，能夠演繹成一個物質結果。」

第十章　251

來訪嘉賓：達賴喇嘛。「正念」是發現「心念」原初本質的關鍵。

真的能說某個人要比另一個人『好得多』嗎？

達賴喇嘛說：「我們所能找到的最偉大的『伏藏』並非埋在深山洞穴之中，而是在我們自己內心。我們每一個個體都必須去發現那份我們早已擁有的寶藏，也就是『心念』本身的本質。我們唯一要做的事情就是移除障蔽，抖落跳蚤。那樣一來，我們會發現自己最深刻的本質即為『純粹的大愛』和『純粹的大悲』。」

「——訓練心念也許很困難。但是有時候……」尊者摸了摸我的臉，「有時候，我們隱約可以看到一個比我們自身要偉大許多的目標。那麼，一切就都值得了。」

尊者貓的靜坐教學　278

〔前言〕

靜坐如何救了一隻想太多的貓

必須以我的「自白」作為本書的起始，這讓我覺得難為情。揭露自己的實際情況真是難堪，我寧可不招。可是，我與達賴喇嘛一起生活，周圍又都是「尊勝寺」（Namgyal）的比丘，而且還經常會遇到藏傳佛教中許多備受推崇的靜坐（冥想）高人；所以一般人都以為，我除了許許多多令人仰慕的優點之外，肯定在靜坐這方面也是成就非凡——

哎呀，親愛的讀者啊，我沒有哇！

或許，我的美貌無法以語言形容——我魅惑的眼眸湛藍、精緻的臉龐白淨、一身乳脂般的皮毛閃閃動人……

或許，也因身為國際名流，我的動態是人們經常談及的話題——各色各樣的出眾人物都把我掛在嘴邊——像是出入橢圓形辦公室的啦、白金漢宮的啦，甚至是好萊塢山莊那些更為考究的私家豪宅裡的佼佼者們。

但要說「我天生愛靜坐」？哎！真要是這樣就好囉！

有好幾回，我的確試過。可我一把心念放在覺察呼吸上，便發現自己的念頭都叫春喜太太的碎雞肝丁兒給占滿了。要不，就是不斷掛念著我後腿的不適感。再要不，就是這兩個念頭不知怎地攪在一起，同時出現呢。

一般都相信我們貓族天生擁有「正念」，總是能夠「活在當下」。我們的確很能專注於自己的心念，特別是在獵捕本能被喚醒的時候……這點雖說屬實，但是，我們花了很多的時間在想東想西，這也同樣沒錯。這是因為我們極少向外界透露內心的想法——

呃，那你呢？你又有多少念頭肯讓別人看見？如果真讓人看見了，你還會有朋友嗎？啊？請告訴我。

若你曾質疑你的貓伴擁有她自己的內在生命，那就看看她熟睡後，身體不受意志控制時，會發生什麼事吧。你必然會看到她四肢的顫搐、下巴的抖動，也許有時候還會發出帶點鼻音的呼嚕嚕聲，或喵個幾下。這些，如果不是她按照自己的心念想像出來的劇本在演出時，無意間所發出的，還能是什麼呢？或許貓族的確擁有強烈的正念。然而，我們也是思考型的生物。

拿我自己來說，很不幸地，我思考得還有點兒太多了哩。正是因為如此，所以我才終於理解：即使靜坐很有用處、有轉化的力量、絕對是我應該好好練習的——但——靜坐就不是我會去做的那種事啊——至少，目前還不是啊。或許，等明年吧，等到尊勝寺的比丘們要去閉關的時候。那會是個匯集眾人之力的大好時機。又或許，等待黑暗的嚴冬時節吧，那時大多數的生物都會很自然地想從這世間抽離出來，向自己的內在靠攏。要重新開始我的靜坐練習，似乎還有相當多的好機會呢。

只不過，剛好都不是今天！

這個世界裡有很多人只是稍微知道靜坐，或已經有段時間沒靜坐，或有讀過幾本關於靜坐的書，卻從未規律靜坐。親愛的讀者，我直到最近才想清楚自己也是上述的其中一種。然而，後來發生了某件事情改變了我。我也逐漸發現，對大多數已在靜坐的人而言，情況也大約是如此。**你心中可能有件一直在思考，卻從未能全力以赴的事情，而某個事件、某種觸發將會驅策你往那個方向前進。**

天生的靜坐者是極為罕見的。有人則是透過學習，得到很棒的靜坐功夫。然而，我們會靜坐，一開始多半是形勢所逼的。

之所以要和你分享這些，並非我認為我的故事很特別——但，我本身顯然是很特別啊——那是當然，那是無庸置疑的事實。我現在要說的是，我是怎麼投身於靜坐的。而我之所以要把這件事情分享出來，那是因為我覺得這個故事可以讓你感同身受，你可以瞭解的。你甚至還可以從我身上看到一丁點兒的你自己呢——多可愛你說是吧！

所以，我是如何瞭解、也充分體會到我所謂「**喵一下力量**」的呢？

親愛的讀者，請把妳（你）自己安頓在最喜愛的椅子或沙發裡。還要確認一下喜愛的飲品和點心就在手邊呦。關掉那討人厭的手機，最好是把它完全遺忘在另一個房間裡吧。然後，對著你摯愛的貓咪招招手，歡迎她（他）來共讀。

準備好了嗎？挺舒服的了嗎？

非常好。那麼，要開始了哦。

第一章

來訪嘉賓：廚房女神春喜太太。

靜坐（冥想）

那你呢？

你又有多少念頭肯讓別人看見？

如果真讓人看見了，你還會有朋友嗎？

啊？請告訴我。

「可是，我真的還有希望嗎？」春喜太太問道，「我的心那麼狂野？」

達賴喇嘛說道：「唯有當我們承認自己有問題，我們才能就這個問題來做點什麼。妳現在已經有了『心念根本無法控制』這種初步的體會……壓力並不是從『外界』而來。壓力主要是從我們自己的『心念』而來。」

是偶然間的好奇心啟動了這一切。有一條流浪狗在我們一樓門口的地墊上睡了一晚。翌日上午我要出門時，還停下腳步仔細嗅了嗅他留下的刺鼻氣味，試圖要辨認出狗的品種。後來，要回到裡面去的時候，我再次停下腳步。

一會兒之後，我便在達賴喇嘛的一樓辦公室窗台上歇息。這是我一向喜愛的角落，特別是因為這裡是個理想的制高點，可以用最少的力氣達到最全面的監控效果。單純的與尊者處在同一個房間裡，是你所能擁有的最美好的感受。無論你說是他的「臨在」、他的「能量」，或他的「愛」都好；當你在他的身邊，你將不禁被一種永恆的、深刻的安適所感動，由衷感受到「安心踏實」——無論發生了什麼事，在外在的表相之下，一切都是安好的。

回到剛說的那天上午，我才在窗台上安坐下來，迫切想要沉浸在達賴喇嘛周遭的慈悲氣場中，卻即刻感到全身一陣雞皮疙瘩。我馬上轉過頭來，瘋了似地大舔特舔。但，只是癢得更厲害了！我又抓又撓，甚至開始啃自己肚子和背部的皮膚。我從來不曾有過這樣的感受。就好像我全身已被某種隱形軍團圍攻占領一般。

尊者從書桌前抬起頭來，關心之情溢於言表。

過了一會兒，那股癢勁兒突然停止，就像它突然爆發那樣。難道這全都只是我的想像而已？難道是源自於某種「誰知道哪兒來的」業力突然的反常逆襲？

同一日稍晚，我又一次外出返家後，再度受到攻擊。那種突如其來的痛感太強烈了，暫歇於行政助理辦公室檔案櫃上的我都不禁跳了起來，跳落到地上時身體還抖動不已。我扭著身軀開始另一陣抽搐，激烈地舔咬背部。彷彿有幾百隻小小兵攻陷我的身體，爬滿我的皮膚，用他們又紅又燙的毒牙大口大口地咬我，啟動了全面攻擊。我一心只想著要驅離他們，根本不管他們是誰。

丹增——達賴喇嘛在政治外交事務方面的左右手——從他的辦公桌那邊看過來。他正在寫一封電子郵件給北歐某位著名的流行音樂偶像，寫到一半便驚訝地望著我。

「HHC？」他永遠一絲不苟，此刻喚我，用的是我的正式職稱「尊者貓」（His Holiness's Cat），「這樣可不像妳了！」

這樣子的確是不像我。當天晚上後來，加上持續一整夜更大規模、針扎似的刺痛、一陣陣的侵蝕感，因痛苦而扭曲身體的模樣也不像平時的我。我感覺自己快要神經錯亂了。

尊者翌日做的第一件事就是傳喚他的助理，「丹增，我們小雪獅好像不舒服。」

達賴喇嘛私下對我所用的親密暱稱通常會讓我滿心歡喜。但這次卻沒有。反而像是聽到出場訊號一樣，我弓起了背部，轉而與從自己的尾巴前段傳來的野蠻齧感進行一場混戰。

「她昨天也那樣做呢，」丹增說。他們兩人站著，觀察了我好一會兒，然後看向彼此的眼睛，他們異口同聲說出同樣的診斷結果：「跳蚤！」

丹增急忙命人送來滅蚤頸圈，顯然是打算用來套在我脖子上的。他向我保證說，這樣不只可以去除讓我痛苦不堪的病因，在可預見的未來也會防止跳蚤再次上身。

我好掙扎，試著設法吞忍剛才聽到的話。跳蚤？我？「達賴喇嘛的貓」也不能免於這類粗鄙骯髒的傳染病嗎？這世上還有比「被流浪狗傳染」這種事更大的侮辱嗎？

起初，我抗拒丹增的好意，不願公開展示我染上了傳染病；但是他把我抓得牢牢的，又一再地安撫我，這才將頸圈套上了我的脖子。接著，達賴喇嘛外出去視察一場重要的比丘考試，丹增便把我隔離在急救室裡。趁著尊者不在，他叫人來進行一次徹底的春季大掃除，連尊者的辦公室，還有所有我走過的走廊都清掃消毒了。

關於流浪狗的事終於真相大白。門口地墊送去檢驗後，果然驗出有大量的感染源，必須丟棄。也很快就換了一張美觀的新地墊——椰殼纖維材質，上面有短刺般的硬毛，四周有紅色圍邊。相關的安全細節也公告周知，要大家警覺有流浪狗出沒，若有流浪狗再次出現，就要送到寺廟那邊，然後再安置到願意收養的人家。

那時，這整起跳蚤事件看來已然告一段落。

然而，人生遠比那個更為複雜。雖然說，謝天謝地，我很快就擺脫了跳蚤，但是，他們的影響一直都在，以至於就算沒有特別原因，也無論白天或夜晚，只要一有空閒，我就會想像「跳蚤來了」這種事。原本在窗台上坐得好好的我，沉浸在靜思之中，卻會突然冒出一身的雞皮疙瘩。或者，都準備好要靜坐了，跳蚤大軍卻不知從哪裡冒出來闖入我的內心。我會想像在我的皮毛下面有好多害蟲從不同的方向爭先恐後地攻擊我，而我只能抽搐、抓撓。即使設法忍住了身體上的衝動反應，我的心念也會因為心神渙散而動盪不安。偶而在心平氣和的時候，我會嘗試自我安撫，告訴自己所受的創傷已經過去——可我就是無法忘記我親身體驗過的真實——也許我不會再感染跳蚤，但是仍會因為跳蚤而受苦。

也就是在那段時間發生一件事情，震驚了我們整個社區。我當時也在，是「內幕觀察員」。當時我怎麼也猜想不到，那件事對我的生命即將帶來直接的衝擊，而我也將無可避免地被捲入，參與其中。特別的是，那件事讓我知道，我們貓族並非唯一會「因跳蚤而受苦」的動物。

那件事情是在達賴喇嘛偶而舉辦的某次ＶＩＰ餐會上發生的。梵蒂岡的高階代表團將前來拜會並用餐。在樓下廚房裡的春喜太太——達賴喇嘛的ＶＩＰ主廚，一直不遺餘力地再三確認，希望尊者的客人們都能驚艷讚嘆。這三天以來，她一直不放鬆，因為過分講究每個最後的細節而苦惱著。她身為義大利人，似乎想要證明——無論羅馬最出色的餐廳可以做出怎樣的極致美食，在喜馬拉雅山這裡就算沒有超越，也能打成平手。

麵食餐點被撤下之後，有一小段歇息空檔，尊者與客人們愉快地交流著——尊者用的不只是言語，還有他的「臨在感」。在我的生活中，每一天都在目睹達賴喇嘛對訪客們帶來的影響，而且我不曾感到厭倦。今天，輪到梵蒂岡的訪客沐浴在永恆的安適感中。他們享受著這種感受時，我就待在一樓的窗台上，懷著愈來愈強烈的期待，等候我的午餐饗宴。

若有人問我，在尊勝寺的所有人當中，我最喜歡誰？——當然是除了達賴喇嘛之外囉——那麼，毫不遲疑地，我會說出春喜太太的名字。熱情洋溢、美豔華麗，在大廚房裡呼風喚雨的春喜太太自從第一眼看到我之後，便宣布我就是「有史以來最美生物」。我唯一要做的就是出現在廚房門口，她自會一舉將我抱起，接著就像是要擺放一件上好的明朝瓷器般，把我安置在廚櫃上，然後還會弄幾口香滑多汁的點心供我享受。當我對著一碟碎雞肝丁兒狼吞虎嚥，吃得津津有味、嘖嘖有聲時，她戴著假睫毛的琥珀色眼睛會一眨一眨，在我耳邊低聲說著花言巧語。

即便我不在她眼前，我也一直在她的心上。春喜太太或許正忙著為從美國白宮、捷克布拉格城堡，或巴西總統官邸黎明宮（Palacio da Alvorada）遠道而來的客人籌辦一頓精心準備的宴席，但是她從來沒有忘記我。餐車上除了令人口水直流的珍貴甜點之外，她總會確認還有一小碗給我的無乳糖牛奶，又或者——可能是一份難得的享受——「妳最真摯的」專為我準備的一大匙凝脂奶油。

特別是那一天，有義大利式焦糖蛋奶凍、提拉米蘇、德式烤果仁蛋糕等等一長串的餐後甜點列隊上桌。一如往常，尊者的貴賓們隨即報以感激的笑容。侍者們為每一位貴賓呈上甜點。用畢，侍者們一個個退去，只有侍者領班「達瓦」還在。我看向甜點餐車，竟然沒看到通常會給我的白色小塊乳脂乾酪。

我真的沒有被遺忘嗎？連這樣的事情都可能發生喔？

注意到此事的可不只我而已。我被剝奪了該有的享受，在一旁獨坐時，尊者當時正與客人密切討論聖方濟各．亞西西（St. Francis of Assisi），但他只稍稍一瞥，便盯著達瓦，然後看向我，又看向點心餐車。他不必親自開口。一會兒，達瓦便打開房門，低聲吩咐侍者快去張羅。

然而，很快就有別的事情占據了我的注意力——遠遠地傳來了救護車的鳴笛聲。而且，似乎正朝我們這裡呼嘯而來。

我兩耳指向前方，想要定位這一陣陣由遠而近的聲響。毫無疑問，救護車正朝著山上而來。當這輛閃著車燈的白色車體出現在尊勝寺入口處時，我站起身來。

丹增也是。餐桌上的對談因為鳴笛聲，再也無法進行下去，他欠身告退，走向窗前。我們兩個就這樣向外頭看了一會兒。救護車開進了大門，緩緩駛過前院。成群的比丘和觀光客都盯著這個喧嘩的移動幽靈，紛紛四散讓出路來。救護車開得愈近，警笛聲就愈強，聲音大到令人幾乎無法忍受。等到救護車開到我們這棟樓的前方，才突然安靜下來，從我們眼前消失。

隨即是一陣不安的靜默。餐桌上，人人都揚起眉毛，一副關切的神色。梵蒂岡代表團的幾位成員抬眼上看，在胸前畫十字。丹增回到座位上後，桌上的人們才慢慢回復對談。

我注視著樓下前院裡，如同平時一樣滿滿的人潮——紅袍比丘、揮舞著陽傘的旅行團領隊，還有穿著亮眼背心的引導員。有那麼一會兒我忘了剛剛午餐後那個令我費解的疏失；直到達瓦帶著乳脂乾酪來到我面前。他放在窗台上後，還對我行了一個大鞠躬禮。

不一會兒，梵蒂岡使節團開始與尊者道別。他們說未來要透過網路電話 Skype 聯繫之類的，同時，身著黑色長袍的他們便往外頭轉身離去。然後，達賴喇嘛自己一人站著，雙手在胸前合十，他低聲輕柔地唸著曼陀（Mantra，咒語）。那是我以前在幾個特殊場合見他做過的一個動作。我的本能告訴我有什麼重大事件正在發酵中。

傾刻之間，丹增便從走廊上急忙走回來。

「尊者，很遺憾要向您報告，春喜太太好像是心臟病發作了。」

我往上張望關注著——我有聽錯嗎？

尊者的臉上充滿了慈悲之情，這情懷也擴及整個空間。他的關切之情好像無法自持，似乎要往外流動，並觸動尊勝寺裡裡外外的每個生靈。

「救護車很快就來了，」丹增繼續說：「已經在送往醫院途中了。一有什麼消息，我會盡快向您報告的。」

達賴喇嘛點點頭。「謝謝你，」他輕輕說道：「但願她很快就能完全康復。」

丹增也在胸前雙手合十，然後便轉身離去。

接下來好幾天都是不尋常地鬱悶。關於春喜太太心臟病發的消息已傳遍尊勝寺裡裡外外。雖然她並不是每天都會來尊勝寺，但是她是員工當中最為有趣生動的一個。她那如火山爆發般的性情，就如同她慷慨的心量一樣出名。尊勝寺裡的人幾乎都品嘗過她高超的廚藝作品——即使只是定期為比丘們烤的餅乾也都超級美味的。

從醫院傳回的第一條正式訊息是確診為心臟病發。接下來則是要進行一連串的檢查，以便瞭解心臟受損的情況。接著，有一段時日沒有任何進一步關於春喜太太在醫院的消息。又過了幾天之後，春喜太太的女兒瑟琳娜打電話來向尊者報告最新情況。當時，他正在持誦曼陀（咒語），所以他打開電話的播音裝置，並讓念珠繼續在手指間滑動著。

瑟琳娜是在麥羅甘吉（McLeod Ganj，達蘭薩拉的西藏村）長大的，自從她會切紅蘿蔔開始，就在樓下廚房擔任助手。因為她的母親很早便成了寡婦，所以尊者在她的人生中扮演了一個父親般的角色，在她幼小時寵著她，在她漸漸成長的過程中也給予她父親般的愛與鼓勵。

雖然瑟琳娜成人後大多數時間都住在歐洲，先是學習主廚課程，後來也在好幾間著名的餐廳工作過，但她仍然保留了與達賴喇嘛的特殊連結。她對我似乎也是如此。自從我們相遇，瑟琳娜和我就成了最親密的好朋友。

她向尊者說明她母親已經出院。這次的心臟病並沒有造成太大的傷害。春喜太太不需要手術，身上也沒有哪裡疼痛。可是因為她患有高血壓，所以從現在起，每天都得吃藥。此外，醫生強烈建議她找個像「靜坐」之類的輔助方法來抒解壓力。

尊者立即自願要當春喜太太的靜坐老師——這項提議讓瑟琳娜很開心。「達賴喇嘛親自指導耶！」她大聲宣布。

「當然，也歡迎妳和她一起來。」尊者補充道。達賴喇嘛主動提出要幫忙，這絕非隨隨便便的提議。他說：「**如果我們因壓力而受苦，如果我們缺乏心靈的平靜，靜坐就變得更為重要了。對於我們所有眾生都是這樣的。**」

我在旁邊的一張扶手椅上，興致盎然地聆聽尊者談話。

「痛苦（Pain）是無可避免的，」達賴喇嘛繼續說道：「受苦（Suffering）則是自己選擇的。我們都必須忍受創傷和指責。重要的是，在那之後我們要如何繼續前進。我們要在內心帶著創傷及其因緣繼續下去嗎？或是我們可以找到一條出路，放下這些苦，不再讓自己受苦呢？」

這段話聽起來開始有些「與我有關」的意味。

「這就是『正念』能夠幫助我們的地方。」

當我轉過身看見尊者，這才發現原來他正直視著我。

我期盼著春喜太太和瑟琳娜在幾天之內就會出現在尊者面前。但是一個星期過去了，跟著又過了一個星期，她們卻沒有上門來。似乎有某種障礙存在。瑟琳娜應該不會忘了這回事吧？那春喜太太還可能會有什麼原因而不快來緊緊抓住這個機會，面見尊者？我自己的「跳蚤創傷後症候群」雖然沒辦法跟致命的心臟病相提並論，可也算是嚴重的精神性疾病，因著這種心中的苦惱，我急切渴望聽到達賴喇嘛的開釋。

結果，我得等上一個多月，才在某個午後看到春喜太太和瑟琳娜出現在尊勝寺的大門口。不一會兒，她們二位便被引導走進尊者的辦公室。通常他的訪客都會端莊地坐在他對面的扶手椅上，但是這兩位可不是尋常的訪客。她們是家人。春喜太太一瞧見坐在窗台上的我，便馬上走過來。

「噢，我的小甜心！」她用義大利語熱情招呼我。

我站起身來，把兩隻前爪往前伸展出去，來個華麗的顫動。她撫著我的脖子時，我感激地拱起背來。

「不過……這是什麼啊？」

「跳蚤項圈。」尊者說。

「媽媽咪呀！我可憐的小寶貝！」她邊說著邊彎下身來，用她的臉磨蹭著我的頭部，「妳受了不少苦喔！我好想妳啊！」

「她也很想妳呢。」尊者站在他的椅子旁邊，微笑著看著這一切，「也想念妳樓下廚房的特色點心。」他輕輕笑著補充道。

「別擔心，那些她在咖啡館裡吃得可多了。」從尊者身旁傳來瑟琳娜用逗趣的語調說著。瑟琳娜是「喜馬拉雅．書．咖啡」的共同經理，那裡是我最常出沒的地方之一，很方便，離這兒不到十分鐘即可走到。

他們三人都就座之後，我便迫不及待地朝他們走去，希望沒有漏聽了什麼。

「親愛的春喜太太，來說說看，」尊者說著，同時伸出手握住春喜太太的手；無論是誰來訪，這是他的習慣。他深深地注視著她的雙眼說：「妳好嗎？」

春喜太太發覺自己置身於尊者慈悲的臨在氣場之中，突然間好像承受不了。她不知所措，感動到淚流滿面，趕忙從包包裡抽出一條手帕來。她一邊抽泣，一邊述說著之前突然發作的心臟病有多驚險。她又有多殷切地只是希望可以回到「正常生活」。然而，醫生卻告訴她不可能有這種事。她必須過的是另一種正常生活。如果想要管理好高血壓，並避免未來可能的心血管疾病，她必須改變原來的生活。

我從地毯這邊仔細研究起春喜太太的臉龐。不知道是不是因為她這次沒有戴假睫毛，還是因為沒戴上她的「正字標記」——成串成串的手鐲——以前每當她移動手臂，手鐲便會大剌剌地叮噹作響。反正，在我看來，她似乎改變了。她的能量好像不再那麼充沛外放。她每次現身時，那種絕對無敵的氣勢也不見了。這是我所能記得的第一次，春喜太太看起來好脆弱。我走向她的座椅，一躍而上，坐到她的身邊，以溫柔的「呼嚕嚕」這種形式給予她踏實的感受。

「醫生還說我應該開始靜坐。很感激您願意教我怎麼做。」她邊說著，邊伸出手撫摸著我。

「對，我記得我和瑟琳娜提過這件事情，」尊者答道：「那是什麼時候的事？」

春喜太太轉頭看向瑟琳娜：「十天前嗎？」

「是一個月前。」

「一個月了。」達賴喇嘛用一種體貼的聲調確認道。

他不需要再多說些什麼了。隨著黃昏的微光逐漸暗淡，有個沒被問到的問題變得好大聲、好明顯，迫使著春喜太太自己做出回答，「我……我沒能早點兒來見您……是因為，那個……」然後，她悲傷地搖著頭說：「**我不確定我能不能靜坐**……」

或許她原本以為尊者會把她臭罵一頓的。從她說話的聲調很難辨別到底她是感到難為情，還是絕望？可是，達賴喇嘛臉上綻放出趣味盎然的神色，就好像她剛剛說的是一個極好玩的笑話一樣。在那一瞬間，無論房內原本有什麼緊張氣氛好像也就散去了。先是春喜太太，緊接著瑟琳娜也感染了達賴喇嘛的輕鬆態度，結果她們兩人也就能以歡喜心笑看春喜太太剛剛所說的話了。

「說說看，」——尊者說時，眼中似乎還閃現著趣味——「為什麼妳認為自己無法靜坐？」

「因為我試過！」春喜太太的聲音變大起來，「好幾次了。」

「然後呢？」

「我的『心』。」她迎向他的凝視，「根本無法控制。」

「很好啊！」他拍起手來，因為她對自己的觀察而輕輕笑著，「妳以前有注意過這一點嗎？」

「沒有。」她回答這問題時並沒有想很久。過了一會兒又說：「也不完全是這樣啦。畢竟我從來沒有嘗試像靜坐那樣地專注過。」

「**那麼，妳已經發現了第一件——也是最重要的一件事，**」達賴喇嘛說道：「**唯有當我們承認自己有問題，我們才能就這個問題來做點什麼。**妳現在已經有了『**心念根本無法控制**』這種初步的體會，親愛的春喜太太，妳看看，」他端詳著她，並說道：「當我們覺得壓力很大的時候，壓力源不只是我們所處的環境而已。一般說來，我們都認為我們身外的東西就是一切。外面的事物就是一切。我們認為如果我沒有這個問題，如果我沒有遇上這種情況，那麼，我就不會有壓力。可是，也有人處在更為艱困的情況，卻還是生活得很好。所以，**壓力並不是從『外界』而來。壓力主要是從我們自己的『心念』而來。**」

達賴喇嘛在座位上將身子往前傾。他所說的話也適用於我們所有眾生——不只是在講春喜太太而已。「我們練習靜坐的時候，就開始在覺察自己的心念了。而當我們更密切專注於自己的心念時，就慢慢能夠管理它了。」

「可是，我真的還有希望嗎？」春喜太太問道：「我的心那麼狂野？」

尊者認真地看著她，「**一開始想要靜坐的時候，多半是什麼都想，就是沒能專注於所選擇的『冥想目標』。每個人都是這個樣子的。這很正常。**」

我以前從未聽聞達賴喇嘛對一個初學者講得如此直率。但是，他所說的話令我們如釋重負。**對，我並非唯一一個！**春喜太太和我除了都喜愛美食之外，我們似乎還有一個重要的共同點——我們都患有「跳蚤創傷後症候群」。我們可能都想要享受靜坐的平和感，但是只要一坐下來，馬上就會出現抓撓、躁動這類行為。我們的冥想會被粗魯地打亂。不想要的念頭會長驅直入我們專注的內心，徹底摧毀我們的內在平靜。在這一點上，我們貓族很明顯地並不孤單。一談到靜坐，似乎人類也感染過跳蚤之類的。

「這一點對我們所有人來講都是一樣的，」達賴喇嘛繼續說道：「我們所有人都必須有個起點。**妳從哪個起點開始並不重要。重要的是，妳會在哪裡結束。**」

我們都靜靜地思考這些話，沒有人出聲。後來春喜太太開口了，她的聲音裡有柔柔的歉意，「我的心那麼糟糕，那您還願意教我靜坐嗎？」

「當然啊！」尊者的臉上亮了起來，「這就是我們一起在這裡的原因啊。」

達賴喇嘛的話裡所指的好像不只是我們齊聚在他的會客室而已；他好像也在暗示著一個更深遠的目的，一種潛在的連結。

「妳一直都這麼大方，為我們的貴賓準備很棒的餐點，」達賴喇嘛說這話時，雙手合十在胸前向春喜太太鞠躬致意，「或許，我可以在一些小地方回報妳的仁慈。」然後，他的臉色突然轉為嚴肅起來。「**但是，妳以後不可以再說『我的心那麼糟糕』這種話**，因為這樣想是錯的。妳可能體驗過心念有很強的躁動感、很多讓人分心的事。但這些都是短暫的。念頭會升起、維持、消失。它們不是永久的。就像浮雲，無論它們是否占滿整個天空，也無論它們會在那裡待多久，最後都會消失。而在它們消失的時候，即使只是在『結束前一個念頭』和『開始下一個念頭』之間的極短空檔，妳也能夠瞥見自己的『心』。妳可以看見『心』的本來面目。**妳的心、我的心、我們所有眾生的心都有相同的特質——完美的清澈、明朗、無限、寧靜……**」

尊者說著這些話的時候，春喜太太的雙眼慢慢湧出淚水。尊者與人溝通時，用的不只是文字。他也傳達了話語中的含義，而且是以一種讓人可以美妙地感受到其中情感的方式。

春喜太太望向她的女兒，並注意到瑟琳娜的眼睛也充滿著淚水。

「當妳與自己的心同在，」他繼續說道：「妳將會慢慢發現妳原初的本性即為『純粹的大愛』、『純粹的大悲』。**而這一切都始於『活在當下』，此時此地。**」

我們靜默地同坐了一會兒。一陣陣向晚的微風吹進敞開的窗——那是剛剛從山上送下來的清新空氣，充滿松香。這徐徐微風似乎也正催促著誰許下什麼新的諾言呢。

達賴喇嘛說：「**我想要給妳們一個挑戰。我希望妳們每一天都靜坐十分鐘，為期六週。**這段時間結束後，我們可以來看看靜坐是否有一定的價值。若是如此……」——他點了點頭——「若有帶來什麼變化，那我們才繼續下去。」他聳了聳肩，「**如果沒有，那我們可以說『我試過了。』**就這樣來做，可以嗎？」

「只要十分鐘？」瑟琳娜揚起雙眉。

「是的，這是剛開始。我們每一天只要能夠有一小段時間集中心神，這樣子所帶來的改變，可能會大到讓妳嚇一跳的。」

瑟琳娜點著頭，接受了尊者的挑戰。她望向她的母親——她雖然最初有點猶豫，後來也點了點頭。

在椅子上的我感受到達賴喇嘛、瑟琳娜，和春喜太太緊迫盯人的目光全落在我身上。

我仰起頭來，回應著眾人的關注。然後，「喵」了一下。

他們三人大笑。

「是**『喵一下』的力量**嗎？」春喜太太來撫摸我時，瑟琳娜提議道。

「的確，」尊者說道，輕輕笑著，「那是通往身心安適，並探索真實本性的大道。」

那天晚上，達賴喇嘛參加了廟裡的一節晚課。他回來時，月亮早已升起，在院落裡投下空靈的銀色光輝。

我一向喜愛月光，她總能將我再熟悉不過的場景幻化成奇境。若說白日屬於犬類，那麼我們貓族便是夜晚的產物。相對於犬類的「陽」性，我們貓族是「陰」性，是神祕與驚奇時光中的住民。就我本身而言，我最享受的事莫過於坐在沉思中的喜馬拉雅山群腳邊，他們冰封的山頂在星光下冷冷地熠熠生輝，而我則在夜色裡盡情遐想。

某個特別的夜晚，我注意到一股新奇迷人的香味乘風而來。不像是我以前知道的那些香味，它有某種力量，令我讚嘆不已。我的鼻孔抽動起來。我不禁懷疑香味的源頭是某一朵花，或某種植物之類的。但是，到底是從那裡飄過來的呢？為什麼我以前從來沒注意過呢？我仰起臉迎向晚風，我知道那是個值得進一步探究的謎。

但，不是現在。就在那時，尊者回到房內，見我坐在黑暗中。我想，他也嗅到了那一刻的神奇之處。於是，他沒有開燈，反而走向我，我面向開著的窗，坐看著燈火通明的廟宇。他在我身旁輕鬆坐下，我們倆就這樣並坐遠觀了好幾分鐘。

院子裡傳來比丘們的對話片段，他們正要從廟宇走回休息的寺院——那些方格窗紛紛點亮，閃爍著橘紅色光的地方。一陣涼爽的風吹進來，夜來香的氣味隨著風的線條打了個蝴蝶結——還混有剛剛那陣迷人的新香味。廟宇那邊的燈光則一盞接著一盞地熄滅了。一開始是屋頂，接著裝飾屋頂的吉祥物也突然地全暗了下來。然後，通往入口處的台階，以及色彩繁複的大門口傾刻間全變成黑白色調。

片刻之間，唯一還亮著的是廟宇前方的一枝金色蓮花——佛教徒對超然、不執著，和希望的象徵。她浮現在陰影之海漆黑一片的海面上。

「我的小雪獅，這個提醒很好，」達賴喇嘛低聲說道：「蓮花這種植物的生長條件並不好。她們的根部出自污泥，甚至是骯髒的沼澤。但是，她們超越了那樣的地方。她們的花朵非常美麗。**有時候我們遇到問題時，也可以利用困難來開創出我們可能想都沒想過的新局面。我們可以把所受的苦難轉化為卓越成長的因緣。**」

正如尊者所說過的其他話語一樣，其中大多都可以用不同的角度去理解。我知道他所說的不僅僅只是一般的觀察心得，當中還傳遞了一個深切的個人訊息——而且也不僅僅只是與我本身近來的挑戰有關，這同樣也關係到春喜太太所面臨的難題。而且，更重要的是，他的話指出了：這些挑戰驅策著我們前進的全新方向。於是，我不再堅稱感染跳蚤只帶給我遭蟲齧的不幸……

我開始看得到：災難也可以成為個人成長的動力來源。

第二章

來訪嘉賓：美國人氣網路明星。

正念。靜坐。

『正念的想法』和『思考』

並不一樣，對嗎？

陸鐸：「……曾經是問題的解決辦法，後來卻變成新的問題本身。我們都需要掙脱這種束縛。」

「讓一切靜止吧——梵文是 Karuna。Karuna 是什麼？Karuna 指的是『除了懷著慈悲心的知覺，沒有其他的存在』。要打開，」他説話的語調緩慢又莊嚴，走經過一整排的學員：「要包容。要擴展。要豐富。去除敵意。成為真誠的存在。」

我們貓族在享用過一頓美味大餐後會發生一件事——姑且稱之為「甜蜜安打」

吧。那是一種「好心情激增」的狀態。我們會揚棄久坐不動的老習慣，搖身變成發瘋的小野獸，閃電般地衝過走廊，或從一件傢俱跳到另一件傢俱，或從半掩的門後躍出撕咬無辜路人的鞋帶。那種狀態就好像我們暫時著了魔。

反正，親愛的讀者，那就是我的理由，也是我能給出的唯一解釋——關於為什麼我會毫無頭緒地又在全球電視轉播中亮了相。

說句良心話，那個特別的下午，尊者有客人來訪這事我根本無從得知。我也不會知道他那時正在接受訪問，更不用說來訪的人是美國網路新媒體最有名氣的主持天后。

我所知道的是，幾分鐘前我才用一份我最喜愛的碎雞肝丁兒把自己塞得飽飽的，然後，我就感受到了那股意外而衝動的原始能量。我走回我與達賴喇嘛共用的起居室後，忽然受到了強烈的衝動驅使，非得去幹件瘋狂的事情不可——我橫衝直撞、我四處亂竄……在那一刻，真覺得自己像極了一頭得了狂犬病的叢林野貓。我撞開尊者正在接待貴賓的房門，在衝向尊者對面的沙發時還將地毯踢翻起來。要從沙發邊邊攀爬而上時，還撕破了沙發布料，我就像一頭野生動物正徒「爪」在險峻的峭壁上攀爬著。最後爆發的瘋癲行動則是從沙發這邊的扶手猛然彈飛而出，企圖躍向另一邊的扶手。

就是在那一刻，我才驚覺沙發上坐著一位美麗的金髮女郎。當時，這位尊者的貴賓話正講到一半，而我未經許可的「空降行動」讓她完全嚇呆了。

你知道嗎，一旦有完全料想不到的事情發生，時間變成慢動作進行時是怎樣的呢？嗯，就是像我等一下要講的那樣。當我在空降途中經過那位女士的臉龐時，我可以慢動作看到她的表情從投入工作的「平靜」過度為「花容失色」的整個過程喔。

坐著的她往後一縮，避開了我，但所受的驚嚇全寫在臉上僵硬的神色之中。

但是，親愛的讀者，再怎樣，她受到的驚嚇遠遠比不上我啊。我根本沒料到會有人坐在沙發上啊，更何況是電視名人耶，還是在她正進行訪談的當下呢！當我朝著沙發另一頭飛撲過去的時候，我生平第一次見識到閃光燈、相機、攝影機齊發的陣仗。整個攝影團隊就躲在陰影中捕捉我的動靜。而在我降落之前，驅使我從沙發那一頭狂奔飛越的魔性能量已悄然消退。

我……不再是……著了魔的小雪獅。

她盯著我看。我也盯著她看。我倆都在試圖理解剛剛是怎麼了。直到那當口，我才記起這幾個星期以來，行政助理辦公室就一直在討論她計畫來採訪的事情。我身為經驗豐富的「貓族外交家」，可不是會隨便洩露達賴喇嘛的貴賓大名以便自抬身價那種。我只想說這位相關人士是位希臘裔的美國籍女性。她創立的網路媒體商店，後來成為全世界成長最快速的其中一家。她也是作家；她最近出版的書籍中，有一本談的是成功的意義。就這樣，這些就是我願意吐露的一些情報。

當這位女士與我四目交接時，從咖啡桌對面傳來溫和的呵呵笑聲。

「有時候，她喜歡這樣，」尊者說道：「尤其是我如果在辦公桌前花了太多時間的時候。」

「這位就是ＨＨＣ？」達賴喇嘛的貴賓問道，她的聲音響亮愉快。我是有功必賞的，關於她很快就回復鎮定這事，真的就和我安全降落一模一樣，快速俐落。

尊者點著頭。

「啊，」她說時還望著安坐下來的我，我那湛藍的雙眸看起來好無辜，你甚至不會相信我的粉紅小嘴兒裡可以融化奶油，「我沒想過可以一次邀請兩位名流來上我的節目呢。」

「妳喜歡貓嗎？」達賴喇嘛問道，手指向我的所在。

「噢，喜歡啊！」她揚升的口氣裡有真誠的溫暖，**「我相信寵物在許多方面給我們教導。正如您所說的，他們很棒地提醒了我們，要走出大腦，活在當下。」**

尊者很認同地點著頭，「對，對。他們會把我們帶回到此時此地。不讓我們陷入大腦思考太久。」

「也帶我們回到『正念』，」她巧妙無縫地接上顯然是之前正進行的訪談主題，「我們近來聽了好多關於『正念』的討論。然而，**『正念』和『靜坐』是同一回事嗎？**還是說兩者之間有所不同呢？」

達賴喇嘛點著頭。「這是個好問題，」他說：「這裡面有很多的誤解。你看，我們練習『正念』的時候，是要活在當下、此時此地，我們是有意的，卻不妄自評斷。我們會注意有什麼東西進入我們的感官之門。譬如說，我們所聽到的，」——他手指向雙耳——「我們所品嘗到的。諸如此類。」

尊者稍作停頓，眼中閃著光，「有個故事流傳很廣，說的是曾有沙彌問一個開悟大師說：『請告訴我，快樂的祕密是什麼？』大師告訴他：『我吃，我走路，我睡覺。』」

尊者咯咯笑著。

「沙彌一聽就糊塗了。他坦言：『但是，我也吃，我也走路，我也睡覺啊……』於是，大師便為他詳加說明：**『我是吃的時候吃，走路的時候走路，睡覺的時候睡覺。』**我們專注在當下，這才是『正念』，陷在『思考』當中就不是了。」

她點點頭，笑容很暖心，「我偶然看到的一份最新調查報告顯示，在『**快樂**』與『**專注於當下所做的事**』之間有直接的關聯性。作法是去直接體驗，而非只是講述旁觀。」

「沒錯！」達賴喇嘛在座位上傾身向前，「我們靜坐的時候，會選擇在某一段時間內只專注於某個冥想對象。譬如說，我們可以專注於呼吸。或者，專注於某個咒語。可以專注個十分鐘。一個小時也行。」他聳聳肩，「只要有用處，時間長短無所謂。像這樣專注的時候，便可讓我們不間斷地練習『正念』。」

「所以，你認為『靜坐』有助於培養更強的『正念』，就好比『運動計畫』有助於保持『身心健康』嗎？」這位節目主持人問道。

尊者點著頭說：「對。很好。擁有正念的時候，我們會更為平靜，更快樂。也更自由。」

達賴喇嘛接著解釋，**即使是極度忙碌的人也可以藉由以「正念」喝杯咖啡，或以「正念」享受沐浴而不為心理焦慮所困**，這樣便可在生活中創造出更多的空間和滿足感。尊者也舉例說明如何將「從車站走路去上班」，或者是「熨燙衣物」這種雜事轉化成為練習「正念」的機會。

我立即將他們的忠言付諸行動，以「正念」舔著我的左爪子，然後好好地把兩隻耳朵清洗乾淨。一打扮妥當，我便走向主持人，舉起我的右爪子在她的大腿上輕輕戳了一下。這是我們貓族常用的一種手法，可以測試出我們還不熟悉的人是否願意接受「最有貓味」的祝福——讓我們坐上她（他）的膝蓋。

這位儀態優雅的主持人，根本無需出手將我推走。她只需稍稍搖手作勢阻止，或者將兩腿交叉，便足以讓我判斷有沒有出場訊號了。

結果，上述兩件事她都沒做。相反地，她把放在膝上的一些筆記拿開，而此舉無異於對我發出了鑲著金邊的邀請函。於是，我也不囉唆，就爬上了她的膝蓋，若有所思地轉了幾圈後，這才安坐下來。

我要怎麼形容這位名主持人，同時也是全世界最有影響力的數位媒體創辦人的膝蓋呢？嗯，不是太硬。也不會太軟。就是恰恰好。也可以說她的膝蓋是一切膝蓋之中最為恰到好處者，溫暖又結實，給我安全感，是讓我躲過攝影機和燈光的避風港。要不是被我發現了某物，她的膝蓋在許多方面已堪稱是幾近完美的膝蓋了。那是幾縷細細的狗毛，這告訴了我：這位名主持人可不是專寵貓咪的。

「所以，我們要敏銳地感受五個感官……」主持人繼續之前的話題，但是尊者傾身向前，並將手稍微舉起。

「**我們佛教說的是六個感官，**」他說道。接著，為回應她訝異的表情，他又補充說明：「**除了眼識、耳識等等之外，還有『意』識。**也就是，在『心念』裡所出現的意念。針對心中的意念、想法，我們也可以培養『正念』。」

「**『正念的想法』和『思考』並不一樣，對嗎？**」

「對，不一樣！」達賴喇嘛的眼中閃現著調皮的光彩，「**如果一樣的話，那我們豈不是不需努力就非常有正念了！**」

他們兩人哈哈大笑。尊者調整了一下眼鏡，「讓心念懷有『正念』，這意思就是，『我們能覺知到意念的出現，卻不會被意念牽制住』。我們會認為想法只是想法而已。是一種認知行為而已。是某個會升起、維持、消失的短暫事物而已。就好像貓咪從沙發的一邊跳到另一邊那樣，」他笑容滿面說道：「這是一種非常有用的正念。我們要培養的是在思想和情感後面的『覺知』。**我們要主動觀察自己的想法，而不是做想法的奴隸。**漸漸地，我們將隨著時間進展而能控制自己的『心識相續體』，並放下那些對我們無益的心理模式。」

正如人們與達賴喇嘛談話後通常會發生的事一樣，這次也是話鋒簡單一轉，就有如此深入、如此有見地的剖析，我都能感受到這位貴賓內心深處所受到的震撼了。她全身散發出心領神會的激動感。

與此同時，我直接對著她的領夾式麥克風開始「呼嚕嚕」起來，這陣微妙卻又滿足的聲波將會播送到觀賞這個節目的人們家裡。有那麼短短一會兒，時間不知怎地暫停了，我們全都融入一種心領神會的狀態，超越時空。

然後，這位名主持人微笑說：「好的，我想不會再有比現在一起靜坐幾分鐘更好的時機了。尊者，您是否願意帶領大家一起靜坐？」

達賴喇嘛為了全世界共同加入靜坐的觀眾先唸了一段簡短的禱文。他請求此次共同靜坐能成為眾生遠離痛苦、得到快樂，並達到完美完整開悟的因緣。

隨後是一段靜坐的時間。

當我坐在貴賓的膝上，輕輕地「呼嚕嚕」時，因為尊者的接待室裡有電視攝影機的燈光和許多工作人員，我突然間覺得悶熱起來。現場的熱氣令我覺得口乾舌燥。而且，本來我在午餐之後，通常就都會喝點東西的。按慣例為尊者的貴賓所準備的一杯水就放在邊桌上，離我不過幾步遠。

事不宜遲，我便起身，把前爪往前稍微伸展一下。然後，我踏出了貴賓的膝蓋，走上沙發的扶手，再往下走到邊桌。我以臀部坐定，往前彎下身子——津津有味地舔起開水。

才喝了幾口，我便察覺有個怪聲從那些攝影機後面傳來。沒多久，又傳來另一個類似的怪聲。我稍稍抬起頭來查看，但是除了刺眼的燈光後面的一片黑暗之外，什麼都看不到。四周安靜下來一會兒。我一重新喝我的水時，卻發覺比起之前更渴了！接著，就傳出好像喘不過氣來的爆笑聲，跟著是一種很怪異的喘氣聲。

接下來是哈哈大笑的聲浪全面襲擊。工作人員當中有一名女性好像再也忍不住似的。當時的情況是大家都覺得在達賴喇嘛帶領的全球靜坐現場，「不要笑出聲音」這件事很重要，但因為太重要了，所以反而變成除了「大笑」這件事，也不可能做其他什麼事了。一旦有人笑場，其他人馬上也受到感染而笑開。頃刻間，接待室裡每個人都笑到抽鼻子、喘不過氣，各式各樣的噪音此起彼落。

尊者和名主持人於同一時刻抬起頭來看向我，眉毛先是糾結起來，而後竟也放聲大笑。眾人笑聲的感染力很強，主持人笑到淚珠都滾下臉頰了。達賴喇嘛也無拘無束地捧腹笑開，享受其中的樂趣。

我喝完了「水」，便要離開邊桌，回到沙發的扶手上。接著，又走經過主持人的膝蓋，要回到沙發的另一邊。這樣又引起一輪哄堂大笑。有那麼好笑嗎？

尊者指向主持人的玻璃杯，「妳想要來一杯嗎？」他提議道，眾人又更樂了。

「我想大家都看得很清楚，」這位名主持人終於在自己的笑聲中設法說了一些話：「這次靜坐沒能按照計畫安靜地做。」

「但卻是一帖良藥。」尊者笑著補充道。

我自覺那許多攝影鏡頭，還有許多雙眼睛在那特別的一刻全都聚焦在我身上。我抬眼上瞧，藍寶石瞳孔中流露出的是傲然神色。

有什麼大不了的呀？你們沒看過貓咪喝水嗎？

那日午後，我決定離開尊勝寺，甩開那些電視工作人員的紛擾，還有他們的攝影機和燈光，以及曲曲折折、永無盡頭的電線。我要走向另一個我喜歡的地方，那是瑟琳娜介紹我去的——此地已超乎我所能想像，成為對我特別有意義的祕境——「下犬瑜伽教室」。

這間教室就坐落在不遠處的小山坡上，直接俯瞰喜馬拉雅群山。在黃昏那堂課的教室後方，坐在木頭長椅上觀看學員們進行一連串伸展動作，還有他們在群山壯麗背景上的動態剪影，這已經變成我的某種日常儀式了。他們做完瑜伽，感覺舒適自在之後，便會步出拉門，走上寬敞的大露台，圍聚在陸鐸老師的身旁。膚色微黑，看不出年齡的陸鐸頂著銀色髮絲的小平頭，說話時有淡淡的德國腔，頗有靈性導師的風采。

在垂降的薄暮中，綠茶和對話自由流淌。聳立在我們前方的喜馬拉雅群山的冰封山頂則變換著顏色，從消融的金，化為溫潤的紅，再過度到淺淺的粉紅——就像春喜太太杯子蛋糕上的糖霜。所有這些正是最吸引我們貓族的那種優雅儀式。

我第一次看到席德就是在「下犬瑜伽教室」；這位謎樣的印度帥哥已贏得了瑟琳娜的芳心。也是在這裡，我第一次看到牆上那張拉薩犬的黑白小照片。我之前就猜測這間瑜伽教室的命名極可能就是從這隻拉薩犬而來的。但我從未想過這隻拉薩犬和我會有什麼關係。

幾個月前，我經歷了此生最清晰的一個夢境。夢中，我看到了年少版本的達賴喇嘛走進了他位於西藏拉薩市布達拉宮的房間。當時充滿著危急緊迫的氣氛。尊者向我走來，將我抱起，並解釋說他必須即刻離開拉薩，因為中共紅軍已經進逼而來。為了我的安全，他會將我交給堪卓拉，也就是站在他身後的一位西藏女士，她面容和藹卻了無懼色。他承諾說會來找我的——即使那一生無法做到，那麼下一世也一定會來找我的。

這個夢的含意當真是震撼我心。而其中最嚇人的則是……親愛的讀者……就是在那夢中……我……我是一條狗啦。

是的——真的是啦！確切說來，是一頭拉薩犬。

因為夢境反常地無比清晰，夢中我也覺得一切正常，所以我並不懷疑這個夢的真實性。而且，隨後在一個場合中這個夢的真實性也獲得了證實。當時，尊者受邀為「下犬瑜伽教室」重新開幕剪綵——因為隔壁發生火災，教室曾因整修而關閉——他看到我坐在教室後方的木頭長椅上。接著，他抬起頭看著牆上拉薩犬的褪色照片。

他轉向瑜伽老師陸鐸，兩眼閃閃發光說道：「我很高興，她自己找到路，回到你身邊了。」

所以說，我在前世為拉薩犬的時候，就從西藏來到了印度，而陸鐸在照顧我這件事上扮演了一個重要角色。為什麼不是達賴喇嘛呢？我來到了達蘭薩拉時，他又在那裡呢？尊者之前對我說此生一定要找到我，他履行承諾了嗎？

疑問、疑問、重重的疑問。但也有一種得到夢境的啟示後，我就強烈感受到的一個認知：**親愛的讀者，要小心對待其他種類的眾生，不要心存你最本能的仇恨感。因為，在過去的某一世中，你極可能曾經是「你現在最討厭的那一個物種」。**

當日的黃昏瑜伽課仍然與以往大部分的課程一樣，都是「伸展動作」與「自我探索」的類似模式，感覺踏實安心。固定班底全都來了，包括我的朋友瑟琳娜和席德，他們就在我前方的瑜伽墊上。陸鐸邊說明邊帶領學員進入一連串的體位法，同時也在教室四處走動，這裡調整一下頭部的角度，那裡微調一下臀部。他幫助每一個學員找到身體最佳的對齊角度，以便讓他們打開自己的身與心。

陸鐸對瑜伽的瞭解已隨著數十年來的實作練習和研究逐步成長。因此，我經常為他在瑜伽教室裡所表現出來的智慧感到無比震撼。他所講的話似乎也十分貼近我在尊者辦公室的窗台上偶然聽到的那些。

「現在，你們對這些套路都很熟悉了，」他在帶領全班練完站姿系列後用溫和的聲音說道，「試試看把身體上的各種『感官覺受』消融為內心的『純粹感覺』。再把心念上的一切波動也消融成為一樣的『純粹感覺』。」

「讓一切靜止吧——梵文是Karuna。Karuna是什麼？Karuna指的是**『除了懷著慈悲心的知覺，沒有其他的存在』。要打開，**」他說話的語調緩慢又莊嚴，走經過一整排的學員：「**要包容。要擴展。要豐富。去除敵意。成為真誠的存在。**」

他們繼續演練進入「舞王式」（Natarajasana），只靠單腳保持平衡，陸鐸則繼續說道：「能夠維持平衡，做好這些體位法是很棒的。但是，如果內心沒有相應、對等地打開來，那麼挑戰身體靈活度的偉大壯舉也就毫無意義了。**可以讓我們的身體免於僵硬的練習，卻對內心沒半點影響，這樣的練習又怎能說是有效的呢？**」

接著，陸鐸坐到教室前方，領著全班開始進入坐姿系列。一如往常，做到「坐姿扭轉」時，教室前後便傳出一陣陣響亮的關節劈哩啪啦聲。

「不錯喔！」艾文這位年齡較長的美國人，也是資深學員，做扭轉發出特別響的劈啪聲時大叫道。

「艾文，你最近到底在忙些什麼啊？」坐在艾文旁邊的瑪麗莉用暗示的語氣說道。她經常在課後大露台上閒聊時與他鬥嘴。

全班紛紛笑出聲來。

「我們的肢體已經有了根深蒂固的動作模式，」陸鐸說道，「**但我們並沒有覺知到自己一再重複的各種習慣。直到我們重新聚焦於身體，我們才開始瞭解這種狀況。然後，我們才能放下。**對『心念』來說，也是一樣的。我們也是陷身於『習慣』的循環當中。在以前可能頗為有用的思考方式，卻讓我們就此卡在那裡面。**曾經是問題的解決辦法，後來卻變成新的問題本身。我們都需要掙脫這種束縛。**」

那一刻，我注意到瑟琳娜轉頭面向席德。

「我們該怎麼做呢？」陸鐸繼續說道，「這和處理身體是相同的。我們要將注意力聚焦於自己的『心念』。單純地活在當下，此時此地，這樣便可掙脫己身的『條件限制』。**輪迴（Samsara）會以滿載『業報』和『妄想』的『心念』不斷地循環反覆。**涅槃（Nirvana）則是輪迴的反面，是『放下』。放鬆下來，進入我們存在的真實狀態。將『我們自己』和『所有其他』之間的分離感消融掉吧。」

陸鐸說這些話的時候，瑟琳娜持續與席德對望，神色中意味深長，就好像陸鐸的話裡對她有特別的個人意義。

瑟琳娜和席德的親密關係從一開始萌芽之時，我就密切留意其發展。貓族的許多本領當中，最了不起的是我們擁有時時注意、細細觀察、豎耳傾聽人類夥伴的能力，而他們甚至早就忘了我們還在同一個房間裡呢。這就是為什麼我會知道最近幾個月以來，瑟琳娜和席德之間並不順利。

席德大上瑟琳娜幾歲，是個有過去的男人。確切說來，他在二十出頭就娶了出身印度貴族的「珊蒂」為妻，並育有一女「紗若」。珊蒂是個傑出女性：美貌、活潑、親切、對席德的愛堅貞不移。席德曾經吐露說珊蒂的眼睛和我的一樣，湛藍清澈的瞳孔非常罕見。然而，他們的姻緣從一開始就多災多難。珊蒂出身於一個非常非常有錢有勢的家族——瓦齊爾王族，父母原已將她許配給另一個實力相當的王孫貴族。原本是印度兩大王公貴族要聯姻，以便繼續維繫他們的權力和地位。沒想到，珊蒂拒絕了父母的安排，反而選擇了這個喜馬偕爾邦的「瑪哈拉吉」（大君，Maharaja）——仁慈卻一文不名的席德。父母認為女兒的婚姻抉擇有辱門楣，尤其，珊蒂的母親瓦齊爾夫人一心一意只想鞏固社會地位。

他們結婚後過了八年就發生不幸。珊蒂開車行經山區危險的隘口，車子突然失控滑下懸崖。她當場死亡，留下了五歲的女兒紗若和席德，以及席德心中永遠的自責——如果他能陪她去那一趟，也許事情就會有不一樣的結局。

席德是個慈愛的父親，但他覺得自己永遠無法彌補讓女兒自小就失去母親的悲痛。這幾年來，需要將女兒介紹給一些女性朋友認識時，他總是小心翼翼。他讓瑟琳娜進入他父女倆的生活象徵著他對她已有極大的信任。

瑟琳娜與現年十四歲的紗若從一開始就相處愉快。瑟琳娜會帶著她去買衣服、教她數學的快速解題法，還帶著她認識了一整個美食新天地。她們很快就培養出溫暖又特別的關係。

一切似乎都很美好，直到瑟琳娜發現雖然外在看起來還不錯，但與這對父女的關係裡實則不只他們三人。席德曾規畫了三人共遊歐洲的愉快假期，行程包括倫敦、威尼斯及法國南部。可就在臨行前一星期，卻傳來瓦齊爾先生的健康情況突然急轉直下的壞消息。出國度假就這樣取消了。席德趕忙將紗若送回去見爺爺……結果，老先生的病並不像當初他們所聽信的那麼嚴重。

最近，席德為三人所買的新家變成了壓力源。席德原先不希望瑟琳娜搬進他處理公事的那棟大宅，所以才為三人買下了一棟寬敞的別墅。雖然房子的地點很不錯，但顯然需要一番整修。要整修卻也不是幾個月就可以完工，但現在整個裝修工程已經因為說也說不清的工班延宕而全部停擺了。

瑜伽課結束了，學員們也開始朝外面的大露台走去，席德和瑟琳娜卻仍然坐在瑜伽墊上。席德伸出手，把瑟琳娜的手握在自己手中。

「所以……」他說話時臉上的表情笑嘻嘻的，卻又帶著點真誠的關心，「妳覺得我是陷入對我不再有用處的思考習慣裡了？」

瑟琳娜把他的手拉得更靠近自己，並用雙手緊緊握住，「席德，你是全世界最好的人。」她說完後目光朝下，「但有時候我認為你可能太相信別人了。」

他停頓了一會兒，然後點點頭，「妳講的是瓦齊爾家。」

「席德……」

「無論他們和我之間有過什麼事，他們永遠是紗若的外公、外婆。」

「我知道。你做事一向光明正大。」

「這不是光明正大的問題。是紗若要與自己的外公外婆有正常關係，也要與自己的母親有所連結。」

「那些事情我永遠不會想要介入。」瑟琳娜看向他。我可以看出她眼神中的悲苦。

「好吧，那就……」席德聳聳肩，將手抽回，站起來，轉過身開始捲收瑜伽墊。

「我知道妳是擔心我會被利用，妳為我著想我是很感動……」他伸出手，用食指輕撫著她的臉頰，「但是，我的愛人，妳沒有擔心的必要。紗若應該和瓦齊爾家保持聯繫，但是他們和妳、我，以及我們要共度的人生沒有什麼關係。他們活在與我們不同的世界裡。」

那晚，上完瑜伽課回家後，我輕輕走在樓上的走廊，在行政助理辦公室的門外停下了腳步。丹增坐在辦公桌前講電話——他有時候會加班打國際電話。他正在談論的內容讓他全神貫注。他的眼中閃著亮光。我搖搖晃晃地進了辦公室，跳上丹增對面那張空著的辦公桌上。去年以前，這張辦公桌屬於邱俠所有，他是協助尊者處理廟方事務的行政助理。邱俠突然離世後留下的這個空缺，雖經多次面試，截至目前為止仍然找不到適合的人填補。

「啊，HHC！」丹增放下聽筒，展開笑靨，「妳快變成國際名流囉！」

就在那一刻，達賴喇嘛踏進辦公室。

「尊者，今天下午訪談的節目製作人剛剛來電話了，」丹增朝著電話的方向比了一下，「他提出了一個請求。」

尊者頗為吃驚地揚起兩道眉毛，並朝我坐著的邱俠辦公桌走過來。我翻了個身露出肚皮，伸展我前後的爪子，並盡可能地前後拉伸開來。我要獻給尊者我彎成弧形的毛茸茸雪白肚皮，好讓他摸一摸。

「他們原本是想把訪談中HHC的部分剪掉，然後另外剪接成一個不同的內容，」丹增繼續說道：「但是，剪接室裡的每個人一看到她，都很喜歡她的部分，也都堅持說應該保留。於是，他們想要請求您的允許，讓全部的訪談內容不經剪接就直接播出。」

達賴喇嘛聳聳肩，毫不在意，只是彎下腰來摸摸我濃密的肚毛，「你看，所有眾生都能創造快樂。看看這個小東西。她將比地球上大多數的生物幫助更多人學習『愛的仁慈』。她也會讓許多人開懷大笑。」

「她的方法肯定是……不正統的。」丹增下了評語。

「卻是自發而愉悅的。」尊者輕輕笑道，「我想，這隻貓很快就要比喇嘛更出名了。」

第二章

來訪嘉賓：咖啡館主人法郎。

負面想法。

你老是對某人不好嗎？

你常常會瞧不起某個特定的人嗎？

「檢查一下妳自己的心念裡有些什麼，」旺波格西繼續道：「要放下負面想法。可妳早就知道這個了，不是嗎？」

「所以，放輕鬆吧。放下你想像出來的那些關於你自己的故事，因為都只是些故事罷了。別這麼認真看待。不要欺騙自己，不要相信『我想的就是真的』。」

你老是對某人不好嗎？你常常會瞧不起某個特定的人嗎？這問題聽起來詭異。有些天生比較敏感的讀者，或許只因我這樣問問便要見怪了。

然而，我一直都會遇到許多具有「強迫性殘酷傾向」的怪人——而且，他們總是會針對某一個特定人士發作。這種人對陌生人偶然的自私自利尚可泰然處之，對朋友們令人失望的行為也可容忍寬待。但是，要是那位特定人士有一點點不完美，譬如說寄錯電子郵件啦，在節食期間吃了一塊香濃的黑森林水果奶油蛋糕啦，或是安裝新軟體失敗，就算這位特定人士根本不曾說過自己是個電腦通，但是這種怪人就會立即把公平公正拋諸腦後。這位特定人士會被大聲責罵，因為他完全是個白痴、愛吃鬼、笨手笨腳的蠢蛋……比這些再粗的話都能說出口。也可能用一長串嚴厲的指責，直接抨擊這位倒楣的特定人士，並徹底忽略這會有礙他心理健康的可能性。

會有這種可怕的雙重標準的原因是什麼呢？你可以合理地問道。這個人這麼能諒解其他人，怎麼會對這位特定人士的行為如此地無情冷酷，主觀判定？

萬一有人對我描述的這種人有任何質疑的話，請從你目前所坐的位置移步到離你最近的鏡子前面，然後攬鏡自照一下。親愛的讀者，你會發現那個對你最刻薄、最頑強的批評家正盯著你瞧呢！

我無法否認我有罪，我的確有上述行為。如果在走廊上蹦蹦跳跳，卻不經意地跌個四腳朝天，我會自己爬起來，但是會一臉不滿地把雙耳往後貼緊。如果我張口想

「喵」一下，卻發出「嘎」的一聲破高音，我會嚴厲譴責自己的愚行——我會自問：「像我這種血統高貴的貓，怎能發出如此怪腔怪調啊？」

至於靜坐這回事，雖然有尊者的啟發式教學，但我敏銳地察覺到那是一塊可以盡情自責的沃土。即使達賴喇嘛曾說「心念的波動」很正常，但我很可憐，不能專注在單一一個目標二十秒鐘以上，因此很難避免批評自己。只要一嘗試靜坐，我的心馬上就會湧進跳蚤，開始翻天覆地。

每一天，我還是堅持著。尊者每日清晨三點起床靜坐時，我也跟著做。我把四隻爪子收攏在身子底下，努力要專注在自己的呼吸上。但那不是件容易的事。比起「消除我對自己的每一個負面想法」——「放棄繼續努力」要簡單得多了。

我們到底如何處理這種問題是一個必須持續關注的事情。大多數的情況是，我們內在的戰場根本毫無外顯的蛛絲馬跡。相反地，更糟的是，長期潛伏的壓力會以最意想不到的方式浮出水面，甚至是……爆發。

從尊勝寺前的大路往山下走，不遠處即是「喜馬拉雅．書．咖啡」——是旅客最愛的一個景點，也是遠離達蘭薩拉市區混亂人潮的文明綠洲。咖啡館門內右手邊是華麗的接待櫃台，餐廳區的餐桌鋪的是純白桌布，坐的是籐椅，還有一台大型的黃銅製濃縮咖啡機。有繡工華美的西藏壁掛，或稱「唐卡」（thangka）點綴牆面。接待櫃台的左手邊有幾級階梯，上去則是書店區。藏書豐富的書架間散置著各式各樣的卡片、禮品和亞洲風的小玩意兒。一邊的拋光柚木架上是來自全世界的每日報紙和亮面雜誌，而這幾年來，雜誌架頂層的《時尚》與《浮華世界》中間的位置一直是我的首選寶座。這個地方的視角，就像是尊者房間的窗台一樣，讓我可以用最少的力氣維持最全面的監控。

某日下午，我在雜誌架頂層的義大利式午睡中，被一輛直接停放在咖啡館前門外邊的載運傢俱大卡車打斷。卡車引擎持續大聲空轉，一直吐出黑色煙霧。咖啡館裡無所不知的侍者領班庫沙里——達蘭薩拉的「萬能管家」——於是走上前去關上大門。那時，穿著制服的司機正好從車裡出來，手上拿著送達文件，並要求簽收。同時，有兩個體型高大的人從卡車敞開的後門卸下一個大型物件。這個用幾件毛毯和繩索包裹著的物件到底是什麼，我簡直無從想像起。

瑟琳娜出面接收，她簽好名，並指示工人將物件搬到咖啡館後方一個空曠的靠牆位置。不知道這個用毛毯裹好的東西是什麼，兩位搬運工極其小心地對待。他們謹慎地將它輕輕放在拋光的木地板上，然後開始解開固定住物件的繩結和繩索。

我根本無法抗拒。我從雜誌架頂層一躍而下，踩著有點搖晃的步伐走過去。就在工人將最後一張當護罩用的毛毯拿下，並露出此物件的外部時，我剛好看到它光滑的紫檀木材質。書店區經理山姆，還有幾位好奇的服務生也加入瑟琳娜與庫沙里的陣容。

「是法郎的鋼琴，」瑟琳娜如此宣布時，我正邊往前走，邊嗅著傢俱亮光劑濃烈刺鼻的味道。我試圖要瞭解這個物件的奇特形狀，還有那個從底部突出、擦得晶亮的腳踏鍵。

瑟琳娜從口袋裡摸出手機，下滑螢幕尋找法郎的電話號碼，「他會很開心的。」

「喜馬拉雅．書．咖啡」的老闆法郎，他十幾年前帶著同伴——法國鬥牛犬馬塞爾——從美國舊金山來到這裡的時候，身邊總有聖羅蘭科諾斯古龍水的氣團繚繞。沒有人清楚他為何來到此地。或許，只是因為達蘭薩拉就像一塊磁鐵，專門吸引怪咖吧；而法郎也絕非泛泛之輩。他一手打造的咖啡館雖說位在達蘭薩拉龜裂的柏油路邊，但其實內部非常符合巴黎的著名景點蒙馬特（Montmartre）或義大利的度假勝地蒙特羅梭（Monterosso）那種舒適浪漫情調。

法郎一開始以「設計師」、「佛教徒」自居，被宗教的外在虛名迷惑。然而，尊勝寺嚴格的旺波格西（Geshe Wangpo）收他為徒後，他很快地就丟掉金色 Om 字型耳環，並開始蓄髮。他也開始較注重自己內在的轉化。因為旺波格西的勸告，他甚至回美國老家與病危的父親和解；那段期間便由瑟琳娜擔任咖啡館的代理經理。他回來後，與瑟琳娜達成分擔工作的協議，雙方的需求都得到滿足：瑟琳娜能夠獲得她在歐洲工作時得不到的「工作與生活」平衡，而法郎則多了空閒可以閱讀、靜坐。會盯著他用功的可不只是馬塞爾而已，還有凱凱——那是達賴喇嘛辦公室的人告訴他有隻拉薩犬等待領養時，他所搭救下來的。

法郎一直非常重視隱私。他開這家咖啡館之前的事情幾乎沒有人知道。可是，他這次從舊金山回來後變得不一樣了。他以前就是個奇怪的混合體——對客人很好，對員工很專制。最近，他心情的擺盪似乎更為強烈了。有些時候，他心花怒放，幾乎藏不住他因為身邊每個人的陪伴而感到很快樂。在那樣的時刻，整個世界就好像是專為取悅他而創造的。然而，其他時候，也毫無明顯的原因，他整個世界的中心線就改換了，而他也就突然間變得退縮起來。他的臉部似乎枯萎，不再有任何表情。雖然身體仍執行著身為經理的工作，但是他只用單音節與人溝通。在那樣的時候，他似乎無法控制地厭惡自己，深陷沮喪之中。

有一次他心情好的時候，出乎眾人意料地談到在他成長的過程中，一直十分熱愛彈鋼琴，所以他打算買一架鋼琴放在咖啡館，鋼琴送來後還要舉辦一個晚會。我們都注意到，自他從舊金山回來，就比以前更積極作主為咖啡館選擇播放的背景音樂。來咖啡館的時候他也會帶很多下載來的古典樂曲，他特別喜歡人聲音樂。雖然他明白不可以播放太強烈的音樂，免得讓客人有壓迫感，但是有一次營業時間快結束時，他竟大聲宣稱莫札特的歌劇《魔笛》的〈夜之女王〉詠嘆調是有史以來為女高音所作的最好曲子，並把音量加大到旁人都無法忍受的程度。當時，我是極盡我四條穿著灰色毛靴的細腿所能，才逃離了現場的。

鋼琴送達的那天下午，沒多久法郎就在咖啡館外面停妥他永遠閃亮的飛雅特奔騰（Punto），馬塞爾和凱凱也在他腳邊。他一陣風似地掃進咖啡館，並朝鋼琴直接走去，快樂點亮了他的臉龐。然而，從他檢視鋼琴、拉出琴椅，並掀起琴蓋露出晶亮的琴鍵後，幾個動作在在顯示出他心中的不肯定。

瑟琳娜、山姆和一小群服務生默默地站在不遠處研究著法郎，而法郎則研究著鋼琴：他傾身檢查光可鑒人的黑白琴鍵，然後用指尖輕彈幾個連續音；他把譜架放低又調高，調高又放低的模樣，就好像是在回憶過去他曾把樂譜放在面前的時光；他上身稍稍往後，往下看著兩腳，然後踩住一個黃銅踏板，接著再踩下一個，逐漸熟悉它們。眾人的期待感也逐漸在增強中。

雖然這是我看過的第一架鋼琴，可是鋼琴樂曲我算是還蠻熟的。在過去的歲月裡，我與丹增在急救室共度數不清的午餐時光。急救室是個很安靜的地方，他可以把門關上一會兒，一邊享用午餐，一邊收聽設於倫敦布希大樓的英國廣播公司的音樂會節目。這些時候就是我的文化教育課。知道了一些關於鋼琴的靈活變化，讓我更加渴望能聆聽真實的琴音。我就像瑟琳娜、山姆和幾位服務生一樣，都盯著法郎，看他扭轉琴椅兩旁的圓頭，調整高度。看著他挺胸坐正，頭部稍微往左往右擺動，好像在嘗試喚起記憶。

彈就對了啊！

法郎轉過頭，從肩膀往後看，發現聽眾只有遠遠站在敞開大門邊上的我們。他回過頭，再次把姿勢擺正，伸出雙臂到琴鍵上方。在那個時間點上，我們全都盯著他瞧，全都愣住了。時間似乎也因為我們集體的全神貫注而凝結。接著，忽然間，他的雙手動了起來，快速往下按住幾個琴鍵，發出的聲響是葛利格（Grieg）鋼琴協奏曲那個戲劇化的開場和弦。正如人們描述下山時的風景，和弦從高音部氣勢磅礴地下到低音部，而後則如隆隆雷鳴。

這個開場完美無瑕。令人目眩神迷。法郎繼續彈奏著，我們則是全都著了迷似地聆聽。誰能猜得到法郎彈得這麼一手好琴？或者說，誰能猜得到這麼多年以後他還記得，也還彈得這麼出色？真是了不起！

不過，才一下子，法郎的琴音顯得猶豫起來。他彈了幾個難聽、不通的和弦，我很肯定那不是愛德華．葛利格當初寫下的音符。他停了下來，絕望地將兩手輕輕滑向兩旁。

「法郎！你好棒！」瑟琳娜第一個稱讚他。

「真正驚人啊！真是了不起！」庫沙里和山姆齊聲讚道。

法郎搖搖頭，完全無視他們熱情的認同，「記憶也靠不住……」他如此說時，聽起來好像曾經痛失過什麼似的。

很快地，他又試彈了別的不一樣的曲子——貝多芬的名曲《給愛麗絲》那輕柔、如漣漪般的幾節音符。他這次能持續彈得較久，而且才彈錯一個音。雖然沒有人察覺這個失誤，但是他猝然停手，還弄幾個晦暗的和弦發洩一下。

「那首曲子我都彈過千遍萬遍了——從孩提時就開始的。還曾經在睡夢中彈過。但現在，你看看！」

「可是，法郎，你都好幾年沒彈了，」瑟琳娜試圖說理，「有樂譜的話……」

「這就是了！我應該不需要琴譜的！我應該早已練到完美的。我以前可以的！」

「只需要稍微複習……」山姆才開始說，法郎就已經彈起另一首。

雖然那一首過於憂思的曲調聽起來有著俄羅斯的浪漫，但是我說不出曲名。沒彈多少他就又開始譴責自己「記性很差」。聽眾們都低聲出言安慰，他也沒理他們。

「彈個不需要樂譜的怎樣？」山姆建議道。

人家一片好心給的建議，都只能激起他強烈的負面反應。

法郎把琴椅往後一推，「就是這樣！即興演奏我不會！」他嚴厲苛責自己，「我真的就是無可救藥！」

「法郎……」

「別這樣……」

「可是，先生……」庫沙里也試圖安慰他。

法郎鎮靜自若，合上琴蓋，站起身來。他走出咖啡館時，目光朝下，頭也低低的。他經過櫃台時，兩隻狗兒從籃子裡跳了出來，並狐疑地向站在鋼琴旁邊的人們張望，好像想確認法郎真的只待一會，這就要走了。他們忠實地跟上他的腳步。

站在鋼琴四周的瑟琳娜、山姆、庫沙里和服務生們面面相覷。他們剛剛才欣賞到一生難得一回的、最動人心弦、卻有點太短促的鋼琴演奏。後來大家才知道法郎已經十五年多沒碰過琴鍵了，這場演奏又變得更為震撼人心。他已具有極高的音樂素養，卻把自己說成「無可救藥」，這讓大家都不知說什麼好了。

「今晚的題目是『慈悲』，」坐在尊勝寺教席上的旺波格西開講了。旺波格西除了是法郎的導師之外，他也是本寺最受敬重的喇嘛之一，他每個星期二晚間都會以英語授課。這堂課的授課對象不只是比丘，也包括達蘭薩拉所有想要聽講的人。

法郎自從幾年前對佛教開始認真以來，就來上他的喇嘛週二晚間的課。招聘山姆為書店經理後，他發覺為了他所謂的「免費的心理治療」，總會無法抗拒地被吸引上山。後來，瑟琳娜成為代理經理之後，她也固定去聽課。

夜間的廟宇那份神祕、平靜的氣息是吸引人的部分原因。廟宇中散發著焚香的氣味，還有美麗的佛像，乍明乍隱的酥油燈海點亮了佛像的黃金面孔。而格西拉（旺波格西的暱稱）的教導也是如此，一週又一週的課程總能針對每一個來上課的人個別地給予力量。從我家出來穿過一個大廣場就是尊勝寺；這次來訪就如我先前來到此地時一般，我立於後方的一個架子上。那是我這幾年來固定出現的位置，讓我可以綜觀廟裡的各種活動進行。

格西拉是尊勝寺最受敬重的喇嘛之一，屬於藏傳佛教中的一個古老流派。在中國入侵之前，他便在西藏學習。他的身形圓而結實，既充滿了力量，也能融化人心。他因不能容忍身心的懶散而備受尊敬，也因為總是慈悲待人而受人喜愛。格西拉具有千里眼的能力也是眾所週知的。

「愛與慈悲是我們這個傳統當中的兩個核心價值，」他對著聽眾講課時，我就在層架上旁聽，「但是使用這些詞彙的意思是什麼呢？**佛法將『愛』定義為『祝願他者快樂的願望』**。如果我們持續練習『愛』，那麼就會自然生出『慈悲』，因為『慈悲』即為『祝願他者免於受苦的願望』。」

「我們每個人對朋友、家人、其他眾生都會想要付出『愛與慈悲』。這是自然的、正常的。然而，在靈性道路上我們要培養的愛與慈悲是純粹的大愛、純粹的大悲。純粹的意思是『不執著』。並非為了獲得回報才想要付出。若是如此，便不是愛，而是『交易』！」

他輕輕笑出的聲音在廟中迴盪著。

「我們的愛與慈悲當中，有多少是要看條件的呢？如果這個人符合某種特別的言行，我們才會希望他快樂。認為這個人未來能夠報恩，我們才願意幫助他。對自己誠實與否取決於我們自己。**想挑戰自己是否誠實的話，可以自問：「我的愛，我的慈悲當中，有多少是純粹的？又有多少是基於執著心而來的？」**」

「我們也要讓我們的愛與慈悲偉大起來，意思就是不只侷限在那些我們自然而然會關心在意的人身上而已。那樣的人有多少——五個？二十個？兩百個？這個地球上其他七十幾億人口怎麼說？那些數不清的非人類的眾生，或說「有知覺的生命體」又怎麼說？他們不也在追尋快樂嗎？不也在避免受苦嗎？他們的生命之於他們，不是和我的生命之於我一樣重要嗎？若是如此，我憑什麼說：『我只要這個和那個快樂就好。其他的七十幾億個就算了。』或說**『但願一切眾生離苦得樂……』」**——**然後裝模作樣地雙手合十在胸前——「『但我的前夫和所有保守黨選民都要除外！』」**

笑聲再度如漣漪般盪開，繫在唐卡上隨晚風飄動的流蘇也慢慢停歇下來。

「當我們沒有分別心地實踐佛法，大慈大悲就會降臨。我們不把自己侷限在喜歡的人或生命體身上。要做到這一點，一切眾生——當然也包括我們覺得很難去愛的那些人——能銘記『一切眾生都和我們相同，都只是想要快樂地生活』，這樣是有幫助的。**大家都只是想要免除痛苦。他們四處尋找快樂的方法但可能還是充滿錯覺，也可能會帶來極大的傷害，然而就『我們想要的東西』這一點來看，我們全都是一樣的。**」

他的話音變小，於是我們每一個人都稍微前傾以便聽清楚他的下一句話。格西拉說：「當然，如果不先接受我們自己，那麼就無法真正地接受他人，也無法祝願他們快樂。」

他停了一下，好讓大家能理解他所說的這些話。不只是理解言詞表面而已，還有這些言詞背後的意義。身處在聖地的力量更顯現出這些言詞，雖簡單質樸，卻又深具意義。

「祝願所有眾生得到快樂，卻不求自己的快樂，這樣做有何意義？**對自己很不耐煩，卻對全然陌生的人很有耐心，這樣又有何意義**？這樣的想法沒有一點道理，也缺乏智慧，因為我們認為很難接受的「自我」並非獨立的實相。我們找不到。**『自我』只是一個我們說給自己聽的故事……一個會依照心情而改變的故事。**」

「杜撰一個關於我們厭惡自己的故事有何意義？無論我們最終編出的是怎樣的故事，反正都會與其他人所認定的『我們的故事』完全不同——這點是可以肯定的。」

「所以，放輕鬆吧。放下你想像出來的那些關於你自己的故事，因為都只是些故事罷了。別這麼認真看待。不要欺騙自己，**不要相信『我想的就是真的』**。」

格西拉說這些話的時候，我從我的戰略位置俯瞰來聽課的人們的後腦勺。特別是法郎的。我想起了法郎坐在鋼琴前面時對自我的嚴厲批評。還有今天早上我有多自責，因為一直到靜坐課快結束時，我才覺醒今天幾乎一點兒都沒有專注在自己的呼吸上。

廟宇這裡空氣清新流通，有一種從容的輕盈似乎消融了那些貶抑情緒的剛強。格西拉就好像所有偉大的佛教宗師一般，能夠用一種超乎言語的方式與人溝通。

「所以，**要培養出對他者的慈悲心，首先我們要從自己開始**。而且我們的練習一定要有意義，因為表面的練習只會帶來表面的結果。我們一定要超越概念表相，深化我們的理解。這裡有誰可以給我『覺悟』一詞的定義？」他問道。

從坐在廟宇前方那一大群比丘之中有幾隻手應聲快速舉起來。其中一個被點到後便回答說：「『覺悟』就是：我們對某個概念的理解已經發展到足以改變行為的那個程度。」

格西拉點點頭，「非常好。而且這種對理解的發展，這種對理解的深化得力於『靜坐冥想』甚多。一般常見的狀態下，**『心念』經常是相當焦躁不安的**。向波濤洶湧的大海丟一顆石頭會怎樣？會有多大影響？然而，一樣的石頭丟向平靜的湖泊，看看又會有何結果?!」

「『心念』也是一樣的。當我們擁有平和、安靜的『心念』，想要培養……譬如說，『對自己慈悲』時，我們的理解就會深化。有一種可能性就是，並非只是認為『對自己慈悲』是個不錯的想法而已，而是能夠覺悟這件事的真理。然後，一步一步地，我們的行為便會開始改變。」

翌日，尊者啟程前往新德里進行為期兩天的訪問。因此，我可以決定自己想幹什麼，於是我允許自己下午去「喜馬拉雅．書．咖啡」的行程中排進「打瞌睡」這項。不知不覺地，瑟琳娜和山姆已經準備要享用他們當晚「收工聚會」上的熱巧克力了，那是他們倆都值班時，類似一種結束當天工作的儀式。餐廳內只剩下最後幾位客人，瑟琳娜正走上書店區的台階。一張矮桌的兩旁各有一張沙發，那裡的位置極佳，可以看到整個書店區和餐廳區的動向。山姆也走過去和瑟琳娜一起，不一會兒，庫沙里端來他們兩人的熱巧克力。雖說難得一見，但我既然也留到這麼晚了，他也就為我準備了牛奶。

「格西拉昨晚的講課真的很棒。」瑟琳娜說道，同時將裝了熱巧克力的馬克杯舉到嘴邊。

「還有課後的靜坐練習也是啊，」坐在對面沙發的山姆同意道。

「一如往常，他講的好像就正是我需要聽的。」

山姆點點頭，接著瞥見有個男人坐在法郎的鋼琴前，琴音聽來雖是在飯店大廳演奏那種等級，倒也是一派自信又自在。那人身著白襯衫和斜紋棉布褲，頭上銀灰色的捲髮飄垂，有種神祕的氣息。他那日走進咖啡館時，我一時沒能夠認出他來，但是當瑟琳娜把他介紹給法郎時，我便想起曾經在哪兒見過他了。是艾文！就是「下犬瑜伽教室」的資深學員之一。他不常來「喜瑪拉雅．書．咖啡」。

「法郎的事情發展得還真是有趣。」山姆說。

瑟琳娜淺淺一笑。

那天早上法郎帶著兩隻狗兒踏進咖啡館時，看起來無事一身輕。沒有因精力過剩而顯得強勢，也沒有心情陰鬱得放不開，他表情輕鬆，腋下夾著幾張樂譜。

法郎等到早餐的用餐人潮散去，便再度坐在鋼琴前面，掀開琴蓋。他把琴譜放在面前。一首巴哈的奏鳴曲。他安靜而沉著地彈出這首獨立完整的曲調——有幾個音出了錯，但他沒有明顯的反應。這次，連一個聽眾都沒有。咖啡館的員工個個精心裝出一副忙碌的模樣，顯然都沒有注意到他。巴哈之後，跟著來的是莫札特。

午餐後瑟琳娜來接他的班時，他告訴她說：「今天我彈鋼琴彈得很開心。但是辦晚會的話，除了我，還需要別人。最理想的是一個能讀譜，又能即興創作的人。要是也能唱歌，那就更好了。」

那天，當艾文來此赴友人的午餐之約時，法郎正在經理辦公室裡整理帳目。而艾文一走進門，便注意到咖啡館的新設施，並筆直地朝鋼琴走過去。

就像這架鋼琴首日進駐時法郎所表現出的極度好奇一般，艾文也同樣地檢視著鋼琴，也同樣無法克制自己地拉出琴椅、坐好、掀開琴蓋。

「你彈鋼琴啊？」瑟琳娜問。

「喔，對啊。我以前在紐約和歐洲當『提詞人』，」他的口音是輕柔的美式英語，「而且我在新德里大飯店的大廳演奏鋼琴好幾年了。」

「對哦！」瑟琳娜點點頭，「我想起來了！你可以演奏一下嗎？」

「妳不介意的話……」

「我很樂意洗耳恭聽呢！」

幾分鐘過後，法郎從經理辦公室走出來，一手握著成疊的發票，另一手拿著計算機。他睜大雙眼盯著那傳出醉人琴音——音樂劇電影《窈窕淑女》主題曲〈在你住的那條街上〉——的來源。艾文不只平鋪直敘地彈，他也融進了不同風格，先是插入一個仿蕭邦的曲風，接著又轉而以爵士樂風詮釋。

瑟琳娜走到法郎身邊，低聲說明了艾文的來歷。

「太棒了！」他一結束演奏，法郎便走上前去喝采道：「你可以做即興演奏嗎？」

「還可以。」

「你這星期五晚上有空來我們晚會上表演嗎？」

艾文的臉上緩緩地微微一笑，「最近幾年來，幕後的工作讓我覺得自在些……」

「新地方，新節目，」法郎送出一個調皮的笑容，「是時候到前台亮相了！」

那個星期五晚間七點鐘，我現身在雜誌架頂層的尊榮特別座，而「喜馬拉雅．書．咖啡」內的餐座也安排成卡巴萊（cabaret）式，圍繞著靠近櫃台處的鋼琴。餐桌上一閃一閃的是彩色玻璃架上的小燭光，為館內帶來舒適怡人的氣氛。幾乎所有的來賓都是當地居民、法郎的朋友、咖啡館的常客，還有一些客人則是因為——也沒人確切知道的原因——特別受邀前來。

有一桌坐的是席德、春喜太太及她的好友桃樂絲・卡特萊特。席德身穿純白的尼赫魯式立領襯衫，看起來乾淨俐落，正與她們閒話家常。瑟琳娜則在咖啡館前方忙裡忙外。陸鐸與至少六名「下犬瑜伽教室」的學員也散布在幾張餐桌上——包括瑪麗莉，她的服色深紅豔麗，正在痛飲香檳。尊者的員工也有幾位在場。丹增和他科班出身的小提琴家夫人蘇珊，正與尊者的新任翻譯官奧力佛有說有笑。這是尊者破天荒第一次聘任西方人擔任他的翻譯官。奧力佛在英國出生，大約十五年前受具足戒而成為藏傳佛教比丘。他除了能夠在藏文與英語之間毫不費力地轉換之外，也能流利地使用其它六種語言。

法郎七點過後不久就到了，他穿著淺黃褐色上衣，別著翡翠綠領巾，笑容滿面。打上領結，穿著正式無尾禮服的艾文一到場，法郎便趕緊陪著他到各個餐桌打招呼。艾文身為麥羅甘吉的長期居民，早已認識在場的許多客人。一桌桌走下來，洋溢著美好感覺。而且，他們並未忽略問候本館最高座位上的貴賓。

法郎將手伸向雜誌架，指向我安坐之處，我早已將四爪妥貼地收攏在身下。「這位是仁波切。」他說，用的是我在本咖啡館最為人所知的名號，這也是藏傳佛教信徒給他們敬愛的喇嘛的稱謂，意思是「珍貴的」。

「在『下犬瑜伽教室』我們都叫她『斯瓦米』！」艾文雙手合十，鞠躬致意，「我們算是還蠻熟的。」

過了一會兒，法郎以麥克風宣布晚會開始。

「不同的人們在不同的時間點是如何走進我們生命的，真令人好奇……」他開始說道：「雖然你們有很多人已經做了艾文好幾年的朋友，但我是直到最近才認識他的。我發現他除了是個很棒的鋼琴家之外，他也很能唱。」

從艾文的瑜伽班同學那邊響起高聲的鼓勵性呼喊，對同學而言，很明顯地這些都是全新的消息。

「艾文做過『提詞人』。我以前從未聽過有『提詞人』這種工作。他的工作就是要跟上歌劇或音樂劇中的每一句台詞，如果任何一個演員忘詞，他就要隨時介入提醒。」

「如果任何一個演員忘詞，他就要隨時……」艾文逗趣地跟著法郎後頭模仿，引來一陣大笑。

「提詞人必須有很棒的聲音，音域也要很寬廣。艾文長住在音樂的世界裡，他讓我與我成長過程的生命中最重要的某種東西重新連結，」法郎帶著情感說道：「我真的非常感激這一點。所以，我非常榮幸能夠邀請他到我們的首次晚會表演，讓我們掌聲歡迎艾文·克里斯賓爾先生。」

已在鋼琴前就位的艾文彈起了貝多芬的《命運交響曲》的起始樂章，頗有娛樂效果。

「我很肯定有場很棒的表演在等著我們。」

親愛的讀者，除了「醉人心弦」之外，我不知道還可以用什麼字眼來形容當晚的音樂歌曲晚會。來到現場的時候，我們沒有人抱持任何想法、任何期待，但艾文一開口唱出義大利歌劇大師波儂奇尼（Giovanni Bononcini）的詠嘆調《Per la Gloria d'Adorarvi》後，我們就都確知，這將會是個難忘的夜晚。

當天的晚會上掌聲不絕於耳，隨著精彩節目的進行，大家酒酣耳熱之際，讚賞之情不絕於耳。艾文唱了幾首之後，又來了一段「器樂曲」集錦，內容五花八門，從蕭邦到美籍爵士樂鋼琴家康特·貝西（Count Basie）都有，令觀眾大飽耳福。接著，他宣布說丹增的夫人蘇珊將為大家演奏法國作曲家馬斯奈（Jules Massenet）著名的歌劇作品《黛伊斯》（Thais）當中極受歡迎的小提琴名曲《冥想曲》。

我們大多數人都不常見到蘇珊；當她演奏出那首淒美的世界名曲時，我們才知道她有絕佳的音樂天賦。她身材嬌小玲瓏，站在我們面前時，似乎與她手上的小提琴合而為一；她引領我們這些聽眾與她神遊此曲。有幾個片刻，我們成為此曲本身，也與這番超越時空的體驗合一，宛如進入極深的冥想狀態。

那天晚上，旺波格西決定要外出走走，也就在晚會節目接近尾聲時路過咖啡館，這只是巧合而已嗎？

他從咖啡館側門溜進來，隨即有個尊勝寺的人為他搬來座椅。他興味盎然地欣賞音樂表演。

蘇珊迷人的演奏結束後，艾文又唱了幾首歌曲。然後他調皮地問道，在晚會結束之前，是否能聽聽法郎彈點什麼？這番問答自然是預先安排好的，此時館內的情緒已被營造得歡騰、熱絡極了。

我無法忘記就在幾個星期前，法郎坐在同一架鋼琴前的景象，他那時嚴苛地嫌棄自己是個「沒有希望的音樂家」。他的自我厭棄竟讓他對身旁人們的真心關懷之意充耳不聞！**他相信自己沒有好到可以追隨自己的熱情，因而侷限了己身的快樂。**

不過此刻，事情可不同了。法郎在鋼琴前坐下，將琴譜放到架上。艾文則在一旁協助翻頁。他彈奏作曲家孟德爾頌秀麗優雅的《春之歌》，結果贏得了滿堂采。備受鼓勵的他帶著中歐特有的恢宏沉著氣質，接著彈奏了布拉姆斯的第三號匈牙利舞曲，更讓他獲得全場起立鼓掌的殊榮。

觀眾歡聲如雷，同時艾文上前與法郎握手賀喜。大家熱情地呼喊著「安可！安可！」

當法郎轉向點點燭光的觀眾席時，他看到了許多常客的臉龐，有些都是老朋友了，有些則是同住在此地很久了，但他們卻從來都不知道法郎有這種不為人知的天賦。然後，法郎在那一晚首次瞥見了自己的導師也在場。

法郎舉起手示意大家安靜，而後再以輕柔卻有力的聲音漸次化開沉默，「你們知道嗎，我剛來到達蘭薩拉時，就一直想要舉辦音樂會。從一開始，把音樂之夜搬上舞台就是我的夢想。但也僅止於夢想，因為有個簡單的原因：那就是，**我一直覺得自己不夠好。**」

法郎抹去臉頰上的淚珠時，群眾都不禁訝異地倒吸一口氣，隨之而來的是一波波感知得到的疼惜之情。

「這次晚會因為某人而辦成了。但因為我覺得這不是他會想要參加的活動，所以並沒有邀請他。可是……他還是來了。」

大家轉頭便看到格西拉正凝視著法郎，神色中滿是慈悲。

「教導我『接受自我』的重要性的人正是旺波格西。他還教我**『完美可能是善良的敵人』**。格西拉，這就是我打從心底想要謝謝你的原因……」法郎將雙手在胸前合十，情緒牽動著他的嘴角，「是您讓我能夠再次感受到彈奏音樂的喜悅。」

現場再度響起熱烈的掌聲，然而此次的能量是不同的。不是之前那種歡欣的興奮感，而是一波波深刻的感恩，一種內心深處感受到的相互擁抱。

格西拉從餐桌之間走了出來，向著站在咖啡館前方的法郎走去。他握起法郎的雙手，並向他鞠躬，因此兩人的額頭便靠在一起。這個非常特別的祝福眾所週知，讓整間咖啡館都散布著特別的能量。好像我們所有人都被捲入如此濃烈情緒中，好像我們也都接收到了格西拉的祝福。**他要我們接受我們自己，放下「批評自我」的毀滅性武器，放下「批評自我」帶來的所有限制。**當這一切正在發生的同時，我們便知道這會是一生中永難忘懷的時刻。

從「喜馬拉雅．書．咖啡」走回尊勝寺的家，路程並不遠，但因為是上坡路，所以我有時候會停下腳步歇歇。晚會後，我正暫停路邊時，身後傳來拖鞋的聲音。我一轉身便瞧見了旺波格西。

「尊者貓！」他放慢了腳步，向我打招呼，「妳也去聽音樂會啦？」

他彎下身來撫摸我時，我呼嚕嚕地叫起來。

「想搭便車嗎？」他問。

我感謝他給予協助。那一夜稍早曾下雨，若能避免我實在不想弄得溼噠噠、髒兮兮的。

旺波格西將我抱進懷中，繼續說道：「當我們開始接受自己時，會發生的變化是很棒的，」他告訴我，「**當我們不再沉溺於對自己的負面思考時，別人也會覺得比較容易接受我們。**」

我們穿過寺廟的幾扇門後，他低聲說：「我們保持正向積極時，可以有更多成就。要有信心。」

我在想他是不是在說我心理上的跳蚤創傷症候群啊。倒不是說真的有跳蚤，而是有跳蚤時，我對自己的嚴苛批評。我那時會告訴自己說我的冥想練習毫無意義，還不如放棄算了。

「**檢查一下妳自己的心念裡有些什麼**，」旺波格西繼續道：「要放下負面想法。可妳早就知道這個了，不是嗎，尊者貓？」

我們走到靠近我居所的院子時，他小心翼翼地將我放回到地面上。

是的，我早就知道了。「慈悲」始於「接受自己」。而要「接受自己」，首先需要的是放下關於自己的負面想法，這需要「覺知到」有負面想法的存在才能開始。在那晚之前我並未全然理解到這件事的重要。

我磨蹭著格西拉裸露的腳踝以表謝意。他轉身要走回他的房間時，我聽見他輕輕哼著什麼曲子……

哦，原來是布拉姆斯匈牙利舞曲的……奇怪西藏版本。

就在繞過建築物要到我以前回家的祕密入口時，我又聞到那股特殊氣味了！那是我曾在樓上窗台察覺到的、深深吸引我的新味道。樓下這裡的味道更強烈，算是非常的濃烈。甚至可說是令我難以抗拒。味道似乎來自和「喜馬拉雅．書．咖啡」相反的方向，或許，是同一條路，但是位在寺院大門口的左邊而非右邊。我有時候會往那個方向去到不遠處的一個花園裡梳妝打扮，但我有好一陣子沒去了。可能是一種新植物嗎？我尋思著。無論這股魅惑的芳香始於何方，我已決定必得找出其源頭。

不過，我才下定決心，便有豆大的雨滴落在我鼻子上。不一會兒又有另一顆砸在我頭頂。一陣風吹過我上方的樹幹時，搖動的枝椏降下一場小雨。

我雙耳朝後貼緊，跳上一樓那扇永遠微開的窗，很快便進入戶內。

神祕的香味要等下次了。

但是不會太久的——這是我對自己的承諾。

第四章

來訪嘉賓：瓦齊爾夫人。
所有行動都會帶來結果。

啊～仁波切！
我知道我太常把您當做治療師了，
但是我真的不知道怎麼辦才好！

「美好的一天，不是嗎？」瑜伽師塔欽說：「在院子裡的一個美好午後，比起迷失在個人認知當中——在此時此地要好得多了。」

「親愛的，妳的本能也許真的沒錯。但是，或許妳必須讓事情自行發展。妳不能強迫玫瑰花讓她開花。有時候，妳就是得『等』，讓事情自然開展，讓妳的另一半親自看到真相。」

我們怎麼會對一個完完全全的陌生人懷有一股無可解釋的強烈感覺，這雖然只是偶發，但說來不也奇怪嗎？大多數時候，我們不認識的人就只是不認識的人。或許因為他們的穿著、言行會讓我們對他們形成某種印象。否則，當我們與陌生人初次見面時，通常不會有所期待，也不會有喜歡或討厭的感覺。

然而，就是有這麼一個女人，當她出現在「喜馬拉雅．書．咖啡」時，我就知道她是個問題人物。她身材嬌小，一身優雅的黑色裝束，深色的頭髮吹整得一絲不苟，舉止中還透著貴冑氣息。她在前門停下來半晌，用太陽眼鏡後的雙眼審視著整幢建築，那神態彷彿她是來當評審似的……而且還馬上就判定我們不及格了。

我從雜誌架頂層的棲息處望過去，覺得被惹毛啦。那個可怕的女人是誰？我納悶著。原本昏沉困倦即將進入義大利式午睡的我因此精神一抖擻，清醒了。她怎敢在臉上掛著輕蔑倨傲的假笑站在那裡？

我密切注意她的行動；有位服務生有禮地問候她，並帶她入座。命運安排好似的，那是咖啡館最裡面的座位——也是最靠近我的座位。她也「棲息」在那位置上，因為她坐著的樣態像是要盡量減少身體與椅子的接觸面積，就好像是被人家要求坐在肥料堆上似的。她點了一瓶氣泡礦泉水。

等候時，她環顧四周，那神情似乎在說館內的一切都嚴重地不及格。從她的樣貌看來，應該是六十幾歲的人了，而且耽於上流社會的風雅，凡事都得按照自己的方式來。她臉上的不滿是在暗示說：館內柔和的巴洛克音樂太傳統了、牆上的唐卡太佛教味了、白色亞麻桌布上的漿根本不夠……

服務生回來，並以熟練的手法將冒著泡泡的礦泉水倒入一只晶亮的玻璃杯。然而，不知怎地讓這位女士更生厭惡了。她把頭猛地往後一縮，還屏住了呼吸，怒氣似乎就在爆發邊緣。

然後，她打了個噴嚏。

她在手提包內亂摸一通，抓了一條手帕出來擤鼻子。服務生一臉關心站在一旁，她則對他怒目相視，然後噓聲命他快走，好像他沒有待在那裡的權利。她眼中滿是淚水，費力地做了幾個深呼吸後，又打了幾個噴嚏。

她持續以手帕輕拍臉頰時，同時環顧四周，彷彿因自己受到「喜馬拉雅・書・咖啡」員工的粗魯對待而感悲哀。她從一邊看向另一邊，然後因著某種必然性，她的目光落在我身上。她的眼神與我的眼神首度交會——我看到，在那雙暗褐色的深潭裡動盪著純粹仇恨的波濤。

這時，無所不知的庫沙里已經從咖啡館另一頭翩然而至。

「女士，願您得到保佑。」她又開始打噴嚏，他則滿懷同情行了個禮，「我可以……」

「把那東西……攆出去！」她說時怒氣沖沖地指著我，「我過敏！」

「女士，請讓我為您準備另外的位置？」庫沙里說時手指向咖啡館另一頭靠近窗戶的餐桌。

「我不要另外的位置，」她喘息著，「我要那東西……」——她不屑一顧地揮著手——「給我滾出去！」

「換張桌子也可以得到一樣的效果。」庫沙里勸道。

「這整個地方可能都飄滿了貓毛，」她說著說著雙眼又湧出淚水，跟著又打了噴嚏，「把她趕出去就是了！」她蠻橫地要求道。

這幾年來，我見多了庫沙里盡量滿足客人各種古怪的請求。但是在這件事情上，他顯得很堅定。

「女士，那是不可能的。」他回答。

「為什麼不行?!」那女人的聲音陡升。

「雜誌架是她的座位。她喜歡待在那裡。」

「你瘋了嗎？」那女人用手帕按住鼻頭發出吹喇叭的聲音，「貓怎麼能比人更重要……」

「她不是普通的貓。她是……」

「把負責人給我叫過來！」她下了命令，刺耳的話聲傳遍館內。

庫沙里抬起頭、挺直胸，顯現過人的氣勢，「我就是負責人。」

「把老闆給我叫過來！」

庫沙里只需稍微一動，便有兩位服務生隨時會上前支援。

「女士，我必須請您離開。」他堅定說道。

「你把老闆給我帶過來，否則我就待在這裡不走。」

愈來愈多服務生聚攏過來，庫沙里的表情也轉變成嚴厲譴責的模樣，氣呼呼的女人這才瞭解到自己根本毫無選擇了。

「這地方太噁心了！」她從椅子上站起來，開始用不堪入耳的連串言詞謾罵咖啡館、員工、經理。她把最難聽的話給了貓族，她說他們是「害蟲」。

「喜馬拉雅・書・咖啡」的人們從未領教過這麼惡毒的激烈言詞，也從未碰過威脅感這麼強的送客場面。

她走到前門時還轉過身來，食指對著庫沙里的臉晃動，尖叫道：「你等著吃不完兜著走！」

不久後，我也離開了「喜馬拉雅．書．咖啡」。那女人離開後，雖然庫沙里馬上為我送來一小份切達起司安慰我，親切致歉，但事實上，我還是覺得心慌慌、心不定。那種不安很深層，不是我能夠解釋的。

事情不只是那女人過敏，然後又討厭貓這麼簡單。而是我也被自己強烈的感受嚇了好大一跳。自她走進門的那一刻起，我心中便立即漲滿了強烈的敵意，我都不知道我哪來的這種反感。

按常理來說，沒有一件事情說得通。但是因為好幾年來我聽過這麼多人的談話，我知道在常理的表面之下可能還另有隱情。是這些隱情才能解釋清楚為什麼事情會是我所感覺的那個樣子。

我感覺那個下午好像有個來自我遙遠過去的東西，正要以一種完全出乎意料並且不受歡迎的方式，撲將過來。

全然只因慣性驅使，我的四爪帶著我回到尊勝寺。我正要走過院子時，瞥見寺院入口處附近有人獨坐在雪松下的長椅。我真不敢相信自己的眼睛見到了誰。瑜伽師塔欽大多數時候都在做嚴格閉關，能見他一眼實在太難得。在尊勝寺的院子裡發現他只能說太不尋常了。而在所有日子當中的今日，看到他在這裡是最令人無法置信的事。

瑜伽師塔欽雖然不是比丘，然而所有人都因為他在冥想靜坐方面的成就而敬重他。關於他的故事都是傳奇。據說他曾現身於弟子們的夢境，而夢中給他們的指示後來都救了他們的性命。過去、未來、人心當中似乎沒有瑜伽師塔欽看不到的。

然而，無論關於瑜伽師塔欽的故事有多激勵人心，他本人仍是最激勵人心的。他就像達賴喇嘛一樣，他的存在是你感受得到的。你是透過被他本人、他的存在碰觸到才認識到他。超越他的身形延伸而出的深刻寧靜場域，擁抱了他周遭的一切。

我是透過瑟琳娜認識瑜伽師塔欽的。春喜家是他的老朋友了，而且資助他做了好幾次的閉關。即使上次瑟琳娜去找他時，我只是跟在一旁，但是我們那次的相見並非偶然。我和他相處過後的那天晚上，就做了那個驚人的夢——夢中揭露，我的前世是達賴喇嘛的的拉薩犬。

今日下午他穿著褐色長褲、金黃色襯衫——與天邊夕陽同為楓香樹葉的色調。他的涼鞋在腳踝處有個整齊的交叉形狀。他的臉龐沒有年齡的痕跡，神采奕奕，留有灰白色的落腮鬍——東方聖哲的典型模樣。他溫暖的褐色眼眸透出輕鬆而穩健的神態。

我見到他的那一刻便心花怒放——當然囉，我可不會那樣子表現出來。我們貓族教養太好，想得也多，那樣的事可做不來。相反地，我走到旁邊一根門柱旁，先試探性地聞一聞，再緩緩步向他坐著的長椅。然後，我也沒有直接對他打招呼，而是在長椅的木腳邊上磨蹭著。

瑜伽師塔欽深知追著我哄我是沒效的，所以他只是坐著，但空出手來懸垂在椅子一側。經過一段合宜的時間之後，我才走向他坐著的地方，就好像我恰巧正要往那個方向去辦事情似地。我用身體磨蹭著他的手。他輕輕將我抱到膝上，我很快便安坐下來。他用手指頭按摩我前額的方式正是我喜愛的，所以我就大聲地「呼嚕嚕」叫起來了。

「美好的一天，不是嗎？」瑜伽師塔欽說，「**比起迷失在個人認知當中，在院子裡的一個美好午後——在此時此地要好得多了。**」

他所說的是真的。只是待在他的膝上，我便感到相當自然地被引導到當下。遠離剛剛在咖啡館的不愉快。穿透雪松深綠色的樹枝，我望向晴朗蔚藍的天空，還有遠方屹立不搖的喜馬拉雅山，他們冰封的山頂在陽光中閃爍光芒。

此時與此地。這裡面包含多少滿足啊！為何要用思慮破壞？

最近幾個星期，我成了一個比較穩定的靜坐者。即使我持續會被心理上的跳蚤所困擾，但是有時候他們似乎比較沒有侵略性了。我雖然還感覺得到他們的存在，但是也能夠同時專注在自己的呼吸上。碰到這種難得的機緣，他們似乎消失了。我安坐在瑜伽師塔欽的膝上，絲毫不受跳蚤煩擾。

我不清楚自己在那兒坐了多久，深入於當下。然後把我叫醒重回思慮的人是瑟琳娜。她剛好走在對面街道上正要去「喜馬拉雅．書．咖啡」，她雙手環抱胸前，神色緊繃。最近幾個月，我經常看到她這樣子走在路上，臉上表情一模一樣。真不知道她剛剛去了哪裡。

她往院子裡瞧了瞧。一看見我們倆坐在一起，她的表情瞬間改變。走路的方向也改道了。她穿過路口，進入大門，朝我們坐著的地方走來，將雙手在胸前合十。

「仁波切好！」她笑咪咪地問候瑜伽師塔欽，微微鞠躬致意。然後，在我們旁邊的長椅上坐下來，並對我說：「另外一個仁波切也好！」

「我們兩個一直在等著妳呢。」瑜伽師塔欽笑著說。就像那些開悟大師所說的話一樣，有時候很難分辨他是在開玩笑，還是認真的。以前從來不曾看到他在這院子裡，更不用說坐在長椅上了，這樣看來似乎不只是偶然碰見而已。我確信他在這裡必然是有原因的。

「妳在忙啊？」他問道，並朝著她剛剛來的方向點著頭。

瑟琳娜的臉蒙上了一層陰影。她避開他的眼光一會兒，但很快就想通了，再裝下去是沒有任何意義的。

「啊，仁波切！」她說時，雙眼掩不住內心的不安，「我知道我太常把您當做治療師了，但是我真的不知道怎麼辦才好！」

瑜伽師塔欽伸手緊握她的手臂，使她安心，「這就是為什麼我會在這裡的原因。」他說完便伸手往下摸摸我。我感覺到他所說的對象也包括我。這天黃昏的溫暖交流中，瑜伽師塔欽將要揭示什麼呢？真叫我好奇不已。他的忠告總有深刻的見解。

「是妳那位瑪哈拉吉男朋友嗎？」他的聲音輕柔。（「瑪哈拉吉」意指印度世襲的統治者，大君）

她點點頭。

「我們之間幾乎每件事情在許多方面……都可算是完美的了，」過了一會兒，她設法說出口了，「他和紗若——他很棒的女兒……我們三個好像就要組成一個完美的小家庭了……」

她從小包包裡掏出手絹，在眼角和臉頰上按了按。

「席德要我搬去與他同住。不是搬去他現在住的地方；他說不要我們住在辦公室樓上。他在這條街上買了一棟別墅。」她手指向她一路走來的方向。

聽到這件事我便豎起雙耳來。離這兒有多遠啊？我心裡覺得好奇。

「原來的想法是先花兩個月的時間裝修，然後我們就搬進去住。哪知，兩個月要延長變成六個月，我覺得好失望啊。但我後來還是接受說那房子的整修工程真的無法在六個月內完成。」

「可是，同時還有其他幾件事情不對勁——原本要讓我們三人相處的特別計畫都——取消或延後。我剛剛才去過那棟房子，他們竟然告訴我說還需要再延後六個月才能完工！因為有些相關設備必須等進口……總有一些藉口什麼的。而且，那些工人老是含糊其詞。感覺真的很不對勁。我的本能直覺到背後有些什麼事。這整樁事情後頭有人在搞鬼。我真的嚇壞了，席德和我之間就要發生不好的事了。」

瑜伽師塔欽平靜地點著頭，「**親愛的，妳的本能也許真的沒錯。**」他直視著她的雙眼，「**但是，或許妳必須讓事情自行發展。妳不能強迫玫瑰花瓣讓她開花。有時候，妳就是得『等』，讓事情自然開展，讓妳的另一半親自看到真相。**」

接下來是一段很長時間的靜默，她在咀嚼他剛剛說的話。她知道瑜伽師塔欽的忠告一點兒都沒錯，一直以來，他告訴她的每一句話都是真實的。

過了一會兒，她還是搖搖頭。「為什麼是現在？」她問，「為什麼是這一次？這就是業報嗎？」

「當然。所有事情都是因果。作用力和反作用力。」

「從上輩子來的？」

「今生大多數的事情都源自於前幾世所造的因緣。而我們在今生所造的業因，將會在未來幾世結果。」

「聽起來真的有點……沒有用……」她說，語氣是絕望的。

「妳的意思是？」

「我們都在四處製造業因，未來也會有相應的果報，但卻早已不知道這些內情。然後，當這些結果冒出來的時候，我們完全不知道那是為什麼，因為我們早已經不是當初製造這些業因的人了。」

瑟琳娜所吐露的正是我自從做了那個非同凡響的夢之後，一直困惑、煩惱不已的問題之一。我抬起頭，看到瑜伽師塔欽頭往後仰，瞇著眼睛閉起來，然後放聲大笑。他好像覺得這些話有趣極了。

「什麼啦？」瑟琳娜問。她的嘴角笑盈盈，但是額頭上有眉頭蹙起的紋路。

「妳把事情說成那樣——太好笑了！」他說時有點上氣不接下氣。

「可我說得沒錯，不是嗎？」

他點點頭，用兩手擦拭雙眼，「是啊，是啊。人不一樣了。但精微的『心識相續體』是相同的。能量是相同的。**能量不是被創造出來的，也不會被毀滅。因為『意識』即為能量，所以『意識』也永遠不會被毀滅。**『心識相續體』會改變『身形』，沒錯。但是『心識相續體』一直都在，也會永遠存在。」

「身為人類，我們的頭號問題是搞不清楚我們稱為『我』的這個非常短暫的身體，這個後天所取得的『人格』，並不同於我們的精微『意識』——『意識』是最初的根本所在。我們所作所為都是要提高這個『短暫的我』的短期利益，甚至於做一些傷害他者的事也在所不惜，因為不會立即影響到這個『短暫的我』，就以為永遠都不會有後果。」

「但是，當你往後退一步，從更寬的視野來看『時間』這件事，你便可看到人的一生有多麼像，這樣而已，」他說著並彈了一下手指，「**沒有立即的後果並不意味著永遠不會有後果。所有行動都會帶來結果。一個負面行動怎能不引發負面的後果？相反地，一個正面行動又怎能不帶來正面的成果？**」

「跟隨精微的『心識相續體』經歷生生世世的並不是後天取得的『人格』，不是智性、記憶、種族、宗教觀，甚至也不是物種。」

我特別注意到他提的這最後一點，我密切傾聽瑜伽師塔欽要說的話。

「我若死了，」他繼續說道：「妳就再也見不到我。那就是瑜伽師塔欽此番人生經驗的結束。那個結束意味著我這一生沒有用嗎？」

他的談話直接切回她的論點，同時凝視著她的雙眼。

「不是的。」他搖著頭，「而且完全相反。**在這一世，無論我們希望自己的『意識』在未來能夠經驗到什麼都好，我們就去創造相應的業因啊。**很特別的是，人體的生命提供了無與倫比的機會，可以創造無窮的業因；更重要的是，不只可為未來的正面體驗努力，人體生命也是一個可以完全脫離生老病死輪迴的機會。」

瑟琳娜專心聆聽著，「人們因為不太了解這點而犯錯了。」她說。

他點點頭，「我們永遠不應該將這些教導當成是理所當然的。光只是聽聞『法』便屬罕見，是需要有非凡的業報才能夠得到的。擁有『一心向法』的傾向之外，還擁有真誠實踐的願力則是更為驚人的！何其有幸，妳和妳的妹妹都一心向著佛法。」

瑟琳娜伸手過來撫摸我時，我也抬起頭來回應致意。瑜伽師塔欽稱我是妹妹已非第一次了。我第一次陪同瑟琳娜去見他時，他就用了一模一樣的稱謂。

「您是說我前世是一隻貓嗎？」瑟琳娜笑問。

瑜伽師塔欽笑著說：「瑟琳娜，親愛的，妳什麼生物都做過啦。我們都是這樣的。每一個有知覺的生命體，而且不只是這個地球上的，整個宇宙都去過了。」

「嗯，」她停了一下然後說：「這樣的話，我就能理智看待自己對席德的擔心了。」

我感到瑜伽師塔欽在座位上挪動了一下，「我可以瞭解妳為什麼會擔心，」他說，

「不過，還是讓事情自然發展吧。」

「仁波切，謝謝您。」瑟琳娜的語氣顯得如釋重負，「同時，我也要練習變得更有耐性嗎？」

「對。」他點點頭，「還有『正念』。活在當下，此時此地。在雪松樹下與練靜坐的朋友和妹妹共享一個溫暖的午後。**試著放下內心的叨念，只要單純地『活著』便是。**要覺察所有六個感官。」

幾天後的某個下午三點鐘左右，有個身穿深色西裝的矮壯印度男子出現在「喜馬拉雅．書．咖啡」的入口處。他帶著厚重的角質邊框眼鏡，手裡拿著寫字夾板。瑟琳娜走過去招呼他時，他說他是縣政府派來的衛生檢驗科督察。衛生檢驗科沒有事先通知餐廳就要來查驗這種事雖然不常見，但也不是前所未聞。館內的食物準備流程本來就訓練有素，所以臨時來了檢驗科的人，瑟琳娜一點也不擔心。

「請往這邊走，」她邊說邊指著路，「我來帶你看看大小廚房，還有儲藏室。」

「小姐，事實上我來這裡是要查看用餐空間的。」

瑟琳娜停了下來，吃驚地杏眼圓睜。她從館內用餐區一片潔白乾淨的桌布，看向另一邊光可鑒人的玻璃窗。地板在那天上午，一如平日上午，早就徹底用吸塵器吸過也溼拖過了。整個餐廳的環境氛圍簡直有如廟宇一般。自從開業以來，本館融合東西方充滿人文素養的氣息便一直是深受大眾，特別是觀光客喜愛的原因之一。

「這裡肯定是沒問題的吧？」她吃驚地問道，不知何時庫沙里突然出現在兩人身旁。

「我們受理了一項消費者申訴案件。」這位督察告訴他們。

瑟琳娜和庫沙里面面相覷。庫沙里當然早已把幾天前與客人發生口角的事告訴了瑟琳娜和法郎。他前所未有地要求那位女客人離開——當時，她深色瞳孔中威脅的眼神，還有她說他們還不知道她的厲害……

「衛生問題、污染風險、病菌滋生。這些會對氣喘病患者造成威脅。還有就是……」——督察清了清喉嚨——「這餐廳裡……有……貓？」

督察審視了全部的餐桌，卻找不到我。但是後來他走得更進來些，到了餐廳後方，往左邊一瞧，看向通往書店區的階梯這邊。我的雜誌架就在階梯旁邊，無可避免地，他的目光往上搜尋，然後便定在雜誌架頂層了。我的四爪正端莊地收攏在身子下方，以古埃及獅身人面像不可思議之神態留意著此事發展。

他的眼中靈光一現，轉過身面向瑟琳娜和庫沙里，「根據『餐飲及酒類管理法』第一六三五條規定：餐廳內不得畜養牲口及寵物。」

「其實，這隻貓並不是我們這裡養的，」瑟琳娜的臉色一陣青一陣白，「她只是偶爾來坐坐。」

「可是，我是來檢查這個餐飲營業場所的。現在我看到的確有貓，而且就在民眾申訴時所說的地方，根據『餐飲及酒類管理法』第一六三五條⋯⋯」這位督察想要搬出更多的法律條文。

「這實在是太可笑了！這樣的法律條文也太硬了！」瑟琳娜抗議道。

「小姐。」督察臉色一沉，從他的角質鏡框上端，以非常嚴厲的神色瞪視著她，「法律條文的硬，」他一字一音把話說得清清楚楚，「是最最重要的。」

「申訴人是誰？」瑟琳娜想要知道。

「我不能讓申訴人曝光。」

「那這樣，或許你需要查證一下這件申訴的可信度。看看這個用餐空間就好。」她表現出與她母親相同的義大利式活力，轉身指向用餐區，「這裡就算不是整個達蘭薩拉地區最漂亮的餐廳，也是最漂亮的餐廳之一。至於衛生問題……」

「就第一點而言，妳說得可能沒錯，」督察勉強承認道。「不過，那隻貓的話……」

就在此刻，一直默默跟隨在側的庫沙里問道：「先生，我想請問您，縣政府是否留存營業場所的樓層平面圖？」他的語氣禮貌到有點誇張了。

「當然啦。」督察晃動了一下手上的寫字板，「我有帶來。」

「您或許可以先查看一下我們的平面圖，之後我們再繼續談。」

督察用銳利的目光看著庫沙里。

「先生，您先看一下平面圖；我相信先這樣做的話，等一下才不會讓縣政府太尷尬。」

督察放下寫字板，從亮晃晃的夾子下取出下方的摺疊紙張，然後快速將它攤開在一張餐桌上。

「您看，根據縣政府自己的平面圖，我們的餐廳區到這裡為止。」庫沙里用手指出餐廳區的邊界，「而從這裡開始則是書店區。」他停了下來，好讓督察檢視著整張建築平面圖，「要真用法律嚴格看待的話，雜誌架根本不在餐廳內部，而是在書店區。」

督察瞪著平面圖很久很久，然後往後看向我這邊。

「你說的一點也沒錯。」他垂頭喪氣地承認。

庫沙里這漂亮的一擊讓瑟琳娜雙眼燃起勝利的光芒，「還有、還有，你所看見的也不是一隻尋常人家養的寵物。」她說。

「不是嗎？」

就在那一刻——親愛的讀者，多不尋常啊，結局是如此深刻而有力地讓所有人明白所有事情——有一群日本觀光客正好走進咖啡館，而且是筆直朝雜誌架走來。就像許多只為謁見達賴喇嘛才來到麥羅甘吉的訪客一樣，當他們見不到尊者而失望時，便做了另一個好選擇，那就是來「謁見」尊者貓ＨＨＣ。他們對我熱烈愛慕，一走近雜誌架便把包包、相機、雨傘全扔到一旁，對我行全身跪拜大禮。

檢驗科督察吃驚地看著這一切，愈來愈無法確定自己的想法。「這位……是？」終於，他手指向我，開口問道。

「她是達蘭薩拉的雪獅。」其中一位日本觀光客回答。

「也是仁波切。」其他幾位同聲說道。

「她是一個非常神聖的靈魂轉世而來的。」

這種特殊說法我還是第一次聽聞。

然後瑟琳娜說：「她與尊者同住，尊者就是西藏第十四世達賴喇嘛。」

庫沙里眼見督察正在理解、接受這一切，便順帶一提說：「您可以說她是『神聖生命』。」

督察向我走了幾步，「**神聖生命……**」他重複說道。

「鎮守在我們書店裡。」庫沙里確認道。

「沒錯。」

親愛的讀者，這就是我怎麼得到另一個名號的由來。這個名號將很快被記錄在縣政府的文件中，直到時間的盡頭都會留存在某個塵封的檔案室裡。

然而在那個特別的當下，我的注意力完全被吸引到其它事情上了。督察正盯著我看時，瑟琳娜把攤開放在餐桌上的平面圖收起，要放回寫字夾板下方。下一秒她所看到的東西卻使她的臉龐失去血色。

督察離開咖啡館之後，她仍驚魂未定。一會兒過後，她才把庫沙里拉到一旁，告訴他剛剛她所看到的東西：在申訴表的第一頁，申訴人的姓名欄裡寫的是——

普拉提．瓦齊爾夫人！

第五章

來訪嘉賓：奧力佛。
「貓砂」公司主管。尊者的狗HHD。
保護自己的情感。靜坐的力量。

你有在靜坐嗎？

「好棒！」丹增說：「有時候我們無法避免踩到荊棘，但是我們可以不讓它進一步傷害我們。」

達賴喇嘛：「我們在西藏有句關於靜坐與道德的諺語。對一個沒有在靜坐的人而言，不道德的行動猶如一根落在手心的毛髮。對一個練習靜坐的人而言，不道德的行動猶如一根飄進眼睛裡的毛髮——問題可大了。規律靜坐的話，人們很自然地能培養出道德上較強的覺察力。」

這一天的開頭很糟糕，因為我一醒來便感受到床鋪冷冰冰：達賴喇嘛已前往韓國教學，而沒有他慈悲的臨在，我的世界怎樣都不對勁。今天起床比平常晚了很多，我直接走進廚房。

早餐又是海味糊！連續五天了！尊者永遠不會讓我連吃兩次同樣的早餐，更不用說是五次了啊——我是一隻喜歡有變化的貓啊。無論那星期是輪到誰為ＨＨＣ備餐，他完全就是抓不到重點啊。達賴喇嘛今天稍晚會回來，但就已經太遲了啊。

嚥下幾口有海水鹹味的泥狀物後，我再用一些乾糧勉強湊合湊合。那樣就可以挺到山下咖啡館的午餐時間了，在那兒總會有幾口美味的當日特餐的。

可是，就在午餐時間快到之前，庫沙里卻因家裡有急事而暫時離開餐廳。領班不在場，其他服務生為了填補他的工作，備感壓力。一般客人可能不會留意到其中的差別，但我身為本館的長期觀察者，我就是能看見玻璃水杯要比平常多等了好幾分鐘沒有及時加滿。就連老顧客都得多等上好一會兒才能點餐。對我個人而言，更為重要的是——沒有人從第一鍋煮好的美味主菜中為我留下幾口。而那天的特餐是奶油嫩煎比目魚，那是我特別喜愛的食物啊。

庫沙里不在，而法郎隱身在辦公室裡，我似乎被遺忘了。每次廚房大門一盪開，爐灶上就會傳來一股令我口水直流的飯菜香。一定會有人很快就注意到我還沒得吃吧？我不斷地告訴自己：「庫沙里可不是唯一服侍過我吃午餐的人！」他也經常指派其他的服務生做這項工作。而且，廚房人員也都深知這個老規矩啊。

但我沒其他選擇，只能繼續等，而且愈來愈不悅。每一次有服務生從廚房門口後方出現，卻沒有送來我小碟子的跡象時，我的不滿就會滋長。

這天將會變成多恐怖的一天啊！看來，打從我起床的那一刻起，所有可能出的錯就都準備好要出了。我真應該待在床上就好的。我的牙齒應該用來咬住廚房裡最靠近我的那個比丘的腳踝，而不是吞下恐怖的海味糊。要給他們一點顏色瞧瞧才是！至於「喜馬拉雅．書．咖啡」的服務生們，難道才少個人就不能應付了嗎？似乎從庫沙里離開的那一刻起，他們就像一群到處跑跳的斷頭雞似的。

更多時間過去了，用餐也進行到了最後階段。有很多客人都已經開始吃點心了。奶油嫩煎比目魚的香味也逐漸被擠壓柑橘、萊姆所迸發的清新氣息取而代之。研磨著烘焙辛巴威咖啡豆的香氣從濃縮咖啡機那邊飄散出來。我生氣了。我快餓死了。我的胃腸在大聲咆哮！

然而，最壞的情況終於發生……有個服務生來為一個德國家庭點餐，他們就坐在咖啡館後方、靠近我雜誌架的座位。那個十來歲的女兒點的正是奶油嫩煎比目魚。服務生卻回答說：「小姐，很抱歉。今天的比目魚超有人氣的，現在已經沒有了。」

沒了？比目魚沒了？這算哪門子餐廳啊！

我從雜誌架跳下來，滿肚子的不高興，但仍抬頭大步走出咖啡館；由於完全沒有任何人有一丁點兒注意到我，所以我的心情毫無改善。看見尊者的貓並未引起任何人興奮顫慄。甚至連……用一點點沒吃完的魚肉——或幾口醬汁——來哄哄「神聖生命」的人都沒有。從現在開始到晚餐之間只剩下一碗貓咪乾糧，真是教我絕望，我邊走邊揣想著……情況何以讓我失望至此呢？

我走經尊勝寺的大門，看見幾天前與瑜伽師塔欽和瑟琳娜共坐的長椅。我想起這位靜坐大師所說的關於要覺察自己想法的事。尊者也對那位電視名主持人說了很多相同的話。我記得佛教的觀點是，**當我們在想法上一心要成為眾人的焦點時，我們可以選擇「放下」，而非老是念念不忘，反倒成為這種想法的犧牲品。**

想到這裡，我領悟了某件事情。

之前幾個星期，我經歷過的狀況要比今天這種微不足道的失望糟糕多了。就在十天前，我在大雨中淋得溼透，因為有人把我的窗子關上了，所以我有好幾個小時無法回到屋內。那時，我雖然也惱怒，但心情是恬淡的。因為我一直在練習靜坐，我的思想也一直平和冷靜。我知道遲早總有一扇窗或門會打開。就像此刻，我已然明白，比起得吃海味糊當早餐，還有主人忘了給我午餐吃這種事情，這世界上還有更大的不幸。

覺悟到靜坐練習對我的心念所帶來的效果是一份很棒的驚喜。錯過了奶油嫩煎比目魚的此刻，反而讓我有近似於感恩的心情！我為我自己證明了靜坐所帶來的不同——我也知道這個啟示將讓我更容易再度回歸規律的練習。我在樓上的走廊邊走邊跳著，心情好雀躍啊。然後我聽見行政助理辦公室有熱鬧的模糊人聲傳出，於是往內瞧了一眼。我還記得瑟琳娜要來討論下星期的重要貴賓午餐會的事。因為她媽媽請假，所以她便要來做當天的貴賓主廚。與瑟琳娜、丹增同坐的人是達賴喇嘛的新任翻譯官奧力佛。

奧力佛來到尊勝寺就職還不到一個月，但是丹增發現奧力佛來自英國伯克郡後便很快與他交上朋友。丹增在很久以前曾就讀於牛津大學，他是個忠貞的親英派。他很快得知奧力佛和他一樣都很喜歡英國廣播公司的節目、吉爾伯特和薩利文（Gilbert and Sullivan）的喜劇，還有喝正統英國茶——肯定不是像在麥羅甘吉的這樣。那時，他們三人圍聚在行政助理的辦公桌上，面前有一個茶杯托盤。

「她醫生所說的我一點都不覺得訝異，」說話的人是奧力佛，「所有的研究報告之中，為數最多的就是關於高血壓和壓力的研究。」

「我不知道耶。」瑟琳娜說。

「真的很多，都是一流的醫學院做的。研究結果也都很一致。靜坐對於與壓力有關的每一個『生物標記』（Biological marker）都有重大成效。**靜坐可以降低高血壓、延緩動脈血管硬化、促進腦內啡的分泌、提升免疫系統功能、增加褪黑激素的分泌。褪黑激素是很強的抗氧化物，可以摧毀自由基。**」

「對，」瑟琳娜呼應道：「她的醫生有提到自由基。」

「現在也有很多人在談論長壽，靜坐也可以延長壽命。」

「好好練習靜坐，」丹增有點渴望的樣子：「一定很棒。」

我站的地方剛好被門擋住視線。奧力佛坐在以前邱俠的椅子上，背對著我，正點頭表示同意，「而且啊，大部分的研究都是用靜坐初學者做實驗的。」

「真的嗎？」瑟琳娜表現出懷疑。

「我想，只用靜坐高手來做研究就沒什麼意義了，」丹增說：「大部分的人永遠到達不了那種境界。」

「沒錯，」奧力佛同意道：「所以，即使很難集中注意力的人，都會有很大的改善。要不了多久便能了悟寂天論師（Shantideva）談及『保護情感』的道理。」

「是那一句呢？」瑟琳娜問。

奧力佛引述：「『**到哪裡才能找到足夠的皮，用以覆蓋大地？然而，踏破我腳下鞋底的皮，便等同於用它覆蓋了大地。**』」（譯註：其寓意為「人無法控制外在事物，唯有修練自己、改變自己。」）

「好棒！」丹增說：「**有時候我們無法避免踩到荊棘，但是我們可以不讓它進一步傷害我們。**」

我被迷住了，便向辦公室的門更靠過去。奧力佛剛剛所唸的詩句為我那天上午的經歷下了最好的註腳。**我一點都不知道，原來我在這世界上到處遊走卻不懂得要保護自己的情感，而且還很習慣那樣**。

「那，妳媽媽現在的情況怎麼樣？」奧力佛問瑟琳娜。

「一天比一天好起來了。」

「還繼續靜坐嗎？」

「正是如此。」

「真好！」

「甚至還開始喜歡上靜坐了呢。但她還是有點不安。她覺得靜坐是佛教徒做的事，但她是天主教徒啊……雖然也不是很精進的天主教徒啦。」

奧力佛輕輕笑了起來。

「尊者總是鼓勵她要堅守自己原有的宗教，但她總覺得……」

「會不會被偷偷洗腦，改信了佛教啦？」奧力佛替她把話說完。

「沒錯！」瑟琳娜燦爛一笑。

「嗯，妳可以告訴她放一百個心吧，因為靜坐可不是佛教徒的專利。基督教有許多修院教團，像是聖方濟會或聖本篤會也會使用不同的靜坐方法。像『超覺靜坐』或『正念』這種世俗性質的修練則與任何宗教都沒有關聯。」

「但是，靜坐是佛教的核心。」

「的確是。」

「為什麼是呢？」

奧力佛身子向後靠在椅背上，「佛教是要讓我們瞭解自己的真實本性。**真正的我們**

是誰？是什麼？但一顆裝滿這類想法的腦袋只能讓我們知道這麼多。真正重要的是自己要去發現答案。唯有訓練心念，讓我們可以直接經歷到意識上最精微的層次，這樣才有可能找出答案。」

瑟琳娜點點頭，「格西拉上個禮拜才講到自我覺悟的重要性。」

「自我覺悟真的很重要，」奧力佛同意道：「我知道有些人聽過很多課，也讀了大量的書籍，他們非常瞭解各種道理，也能說得頭頭是道。但他們卻說：『我覺得自己只是在原地繞圈，從來沒有什麼進展。』他們的問題點幾乎都在於沒有練習靜坐，因此，他們所得的覺悟是膚淺的。」

丹增已讓茶葉浸泡些許時候，這時便拿起那隻套著橙紅色針織保溫罩的銀色舊茶壺，恭謹地向右搖三圈，向左搖三圈之後，這才用過濾器倒出了三杯茶湯。

瑟琳娜從丹增手上接下茶杯時說：「奧力佛，我會告訴我媽你說的關於基督徒靜坐的事情。我相信她會更放心的。」

奧力佛點點頭，「我記得小時候去過一間聖本篤會修道院靜坐。還有一次是在貴格會（Quaker）教徒的聚會。我爸爸帶我去的——是一個認識其他信仰的活動。」

「你爸爸是佛教徒喔？」

「不是啦！」奧力佛笑出聲來，「他是英國國教會的牧師，直到現在都還是。我是在濃厚的英國國教會風格的家庭長大的。」

「真有趣！」瑟琳娜揚起雙眉。

「每週日要做三次禮拜。還有聖潔日、宗教節慶等等。還要死背聖經詩節。我小時候，大家都以為我長大後會走上和爸爸一樣的路。」

「……結果？」丹增提示著。

「結果我反而跑去讀語言。後來接觸到梵文，發覺自己很受佛教的吸引。」

「那你爸媽有說什麼嗎？」丹增問。

「那是逐漸演變而成的。他們有很多時間可以慢慢習慣我的轉變。奇怪的是我有一次回家，發現我的佛教書籍有一半全進了我爸的書房。原來，他準備講道時，都會參考佛書。」

他們三人哈哈大笑時，我決定走進辦公室去看看他們是否有為我準備下午吃的點心。我踏進室內後，走到以前邱俠的位置後面，現在坐著的人是奧力佛。

「你會懷念過去的什麼東西嗎？」瑟琳娜問。

「英國國教會的嗎？」奧力佛問。「現在不會了。我信仰佛教的一開始，曾經想念以前聽的音樂。那些輝煌的管弦樂作品。那些神聖的合唱曲目，特別是巴洛克時期的。還有一些讚美詩，那都是我小時候的回憶。**音樂擁有奇妙的力量，音樂如何將意識與能量加以結合這點，甚至可以說是不可思議的。**不同的樂章帶有不同的音質振動，但只要一聽便能改變你的能量與心情——有點像是煉金術的魔力一般。」

「我一開始學習佛法時，以為自己已經可以不用聽聖樂了，但隨著我對佛教的瞭解日深，我卻是帶著全新的態度重新理解聖樂。**聖樂若不是也在試圖表達『那無法表達的』，又會是什麼呢？**」

對面樓房的窗映照出正滑向地平面的夕陽，也將整個辦公室浸潤於空靈的光輝之中。為什麼達賴喇嘛會選奧力佛當他的翻譯官，現在看來再明顯不過了。那不只是因為他通曉藏語、英語，以及其它六種語言。還有他自然散發的智慧表現——從容自在，跨界悠遊於東西方、佛教和基督教、內在與外在的真實世界。奧力佛不僅僅是精通多國語言的翻譯家，在靈性的國度裡他也應用著多國語言。

「所以，我不會懷念音樂，」他繼續說道：「**因為，音樂早已回到我的生命中，是我極大喜悅的來源。**」

瑟琳娜和丹增一直在專注聆聽的時候，我則從地板上跳到辦公桌上，走近茶盤旁邊。我俯身向前，鼻孔抽動著，確認了馬克杯裡還剩下一些些牛奶。然後，我目標明確地坐了下來，眼睛直勾勾地望向瑟琳娜，輕輕地「喵」一下。

那三個人類似乎覺得這樣挺好玩的。

「噢，ＨＨＣ，妳也想要喝點什麼嗎？」瑟琳娜真是多此一問了。她看向丹增又問：「……你通常會？」

「她以前沒和我們一起喝過茶呢。」丹增站起身來，把標記著英國肯辛頓宮紋章的信箋推到一旁，讓出來的空間則放上從茶盤裡拿出來的一個小碟子，「但凡事總有第一次嘛。」

「人家『喵』得可是彬彬有禮呢～」奧力佛邊啜著茶，邊說道。

「仁波切是我最親愛的貓咪。」瑟琳娜說，傾身向前來撫摸我。

「仁波切？」奧力佛的眼睛閃閃發光，「我以為她的名字是ＨＨＣ呢？」

「噢～」丹增笑著說：「她是一隻擁有許多名號的貓咪。尊者叫她『小雪獅』，那是他個人對她親愛的暱稱。」

「對我媽而言，她是『史上最美生物』。而在『下犬瑜伽教室』，她則被尊為『斯瓦米』。」瑟琳娜補充道。

「斯瓦米？」丹增的回應很驚訝，「那個我倒有所不知呢。」

從他說話的口氣，我能夠聽出來他思路的去向，因而瞪了他一眼。親愛的讀者，當我最初來到尊勝寺時曾被冠上一個非常不雅的名字，只不過，並未獲得我的同意。那是達賴喇嘛的司機那個粗野的傢伙，就在這個辦公室裡硬給我亂取的。那種綽號就是會提醒大家你曾做過最壞的事，而且除了你自己，只有其他人會覺得很好笑。

丹增知道我在瞪他，但那張外交家的撲克臉上仍是神色自若。「斯瓦米嘛……」他又質疑了一次，「她還有個壞壞的綽號啦。」

「我們通常會為所愛的人或寵物取不同的名字。」奧力佛說。我望向他，感受到他鏡片後方閃閃發亮的雙眼，還有他身邊美好的氣場。我暗自決定要和奧力佛好好相處。

「你看，像達賴喇嘛，」奧力佛說：「他坐鎮於布達拉宮裡的獅座時，人們給他取了很多名號。霹靂蓮花、聲音輕柔的偉大法王、強大演說家、優秀知識家、獨一無二、絕對智者、三個世界有力的統治者。當然，我們大多都稱他為『有求必應』。」

「昆頓（Kundun）。」丹增說出與其對應的藏語。

「或許可說是『反應敏捷』，」瑟琳娜說：「和他在一起時就會知道，有時候甚至沒和他在一起也……」

「妳感覺得到喔。」奧力佛以心領神會的溫暖眼神注視著她。

「我好高興你來到尊勝寺，」瑟琳娜說著，還自發性地伸出手捏了他的手一下，「你也許不知道，但我和你的前輩洛桑是好朋友呢。」

「事實上我知道啊。」奧力佛放下杯子，還把椅子往後挪，「而且，很高興妳提到這件事。我前幾天找到了一樣妳可能會很喜歡的東西喔。」

奧力佛離開辦公室的空檔，丹增和瑟琳娜彼此談了一些關於尊者的新翻譯官有多特別，融入得也很好之類的。我從碟子裡舔完最後一滴牛奶後，便坐起身來，舉起左前爪舔起來，準備要進行餐後的洗臉儀式。

奧力佛回來後，便遞給瑟琳娜他手上拿著的一張小正方形的柯達彩色照片。

「噢，天哪！這你在哪裡找到的？」她大叫起來。

「我在清理書架的時候，不知從哪兒掉落下來的。」

「我甚至都想不起來了……」

丹增在她身後窺探著。我則暫時停下了洗臉儀式。這是十幾歲的洛桑和瑟琳娜在樓下廚房的合照。兩人都穿著圍裙，正在切菜，毫無疑問正在準備一頓貴賓大餐。

「過去那幾年啊~」瑟琳娜的語氣更輕柔了，「親愛的洛桑。我希望他一切都好。」

「我確定他很好，」奧力佛讓她放下了心，「他此刻正在不丹。」

「和家人一起嗎？」

「有些協助王后的工作要做。」

一聽到這句話，我便豎起了耳朵。「洛桑是不丹皇室的親戚，就是他安排讓王后領養了我親愛的獨生女，小小雪獅。」

「世事變化多有趣啊。」瑟琳娜伸出手撫摸我，「洛桑可以照看著仁波切的女兒，讓人很放心。」

「不丹王后？」

瑟琳娜解釋其中的關聯時，奧力佛帶著另一種尊敬的眼光望著我。

「天啊！」他驚嘆道：「所以，ＨＨＣ的女兒是王后的貓！」

「還能有比這個更高貴的身分嗎？」丹增面露滑稽的笑容，與其他兩人一起看著我洗耳朵。

「也許有。」奧力佛笑說：「只是我從來沒聽說過！」

那天下午尊者回來了。他一到家才幾分鐘就接見了一名訪客。這位客人是一間全球知名的社交媒體的高階主管。身為一隻處事周到的貓，我只能透露：這家公司的名字會讓人想到枝頭小鳥的叫聲。再進一步給個非常微妙的線索好了。這個企業品牌名稱與貓族在浴室裡的生活常備用品——貓砂（litter）恰好押同一個韻腳。

「尊者，」這位貴客開口說道。他的頭頂微凸，眼鏡是深色框，看起來才思敏捷。「明年在矽谷有一場領先全球的消費性電子公司大會，我今天是特地來邀請您發表演說的。」

我從窗台上的座位側耳傾聽，他繼續解釋說這個大會每年都會舉辦，讓社交媒體網路、產品製造商，還有教導「正念」的老師們能齊聚討論。

這位客人表明來意之後，達賴喇嘛握住了他的手。「告訴我，」他說時注視著客人的眼睛，「你自己有在靜坐嗎？」

「喔，有啊！」

「你在公司裡也鼓勵其他人靜坐嗎？」

客人點點頭，「這是我工作當中很重要的一部分。當然啦，不能逼人家靜坐。但是，我們每天都有靜坐課程，有專屬的安靜房間。另外，在一些像是『腦力激盪』的會議中，我們都會用兩分鐘的靜坐來開始。」

尊者很感興趣，「可以請教原因是什麼嗎？」

此一提問無異於在一個加州企業人的大腦裡按下了播放鍵……

「我們處在一個與全世界激烈競爭的市場。而且，移動也是最為快速的！」他的眼睛亮了起來，臉部表情也變得生動，「任何一個新產品能出現在市面上，就已經過時半年至一年了。我們這種企業環境，有一件比什麼都重要的事情，那就是『創新』！我們必須要有十足十的創造力。我們必須讓員工發揮天賦，能想出一年後對消費者很重要的是什麼東西，並且要搶在別人前面，為消費者找出如何完美應用這個東西的方法。」

「我們發現，」他壓低聲音，口氣莊嚴地說：「有靜坐的話，人會比較有創意。」

達賴喇嘛認真地點著頭。

「相反的，如果心緒不寧，他們就連送到面前的是什麼東西都看不見。」

這是我經常聽到尊者談起的概念。**「就像暴風雨過後從溝裡舀出來的水，」達賴喇嘛說：「非常混濁。但是，把這杯水放在平坦的桌面上一會兒，雜質便會沉澱下來。你就能得到清澈的水——清澈到你可以看穿它。」**

「很棒的比喻！」這位客人的看法一致，「我回去後一定要和同事分享這個比喻。我們也發現到靜坐的時候，人會比較放鬆，比較愛開玩笑，想像力更豐富。這樣一來，創意發想也就更強了——這對我們的生意非常重要。」

達賴喇嘛仔細思考過後才說：「聽到靜坐可以達成不同的目的，非常有趣。」

「我們認為ＮＰＤ——呃，抱歉，是『新產品開發』有一半要歸功於練習正念。」

「非常了不起。」尊者面帶微笑。

「這還只是初期的成效。現在已經有相當多的研究證實，**靜坐能改善人們的專注力，而且這種進步是可移轉的**。也就是說，不論你是坐在椅墊上專注於呼吸，或是坐在電腦螢幕前專注於一封電子郵件，你都會變得比較不容易分心、更有生產力，記憶力也會改善。」

「對員工很好，」達賴喇嘛邊說邊發出特有的爽朗笑聲，「利潤也會更好。」

「基本原則永遠都很重要，」客人說：「追求利潤並沒有錯，對吧？我們又不是要顛覆靜坐的練習方法。」

尊者稍微考量了一下這個問題，「一般說來，**首先要考慮的是動機**，對嗎？鼓勵員工靜坐的話，如果說你的動機是要幫助他們變得更有能力、更有用處、更快樂，而且是為了他們，也為了他人的福祉——這樣子的話，是沒問題的。」

「企業是否應該鼓勵員工靜坐，這一點有愈來愈多的爭議，」客人說：「純粹論者說『利用』原為追求靈性進步而設計的練習來追求利潤，這是不道德的。」

「如果說利潤是唯一的目標，那就會有問題，」達賴喇嘛繼續說道：「但是，如果利潤是來自於更強的創造力，更多的自我實現，更好的工作滿意度……那麼，靜坐是有幫助的。我們在西藏有句關於靜坐與道德的諺語。**對一個沒有在靜坐的人而言，不道德的行動猶如一根落在手心的毛髮。對一個練習靜坐的人而言，不道德的行動猶如一根飄進眼睛裡的毛髮——問題可大了。規律靜坐的話，人們很自然地能培養出道德上較強的覺察力。**全球最大的幾家企業若能讓所有員工都來靜坐，還有什麼會比這個更好？我想要看到的是：所有全球性組織都鼓勵他們的員工靜坐。這將會是邁向世界和平非常大的一步。」

「這些都是我們的『智慧論壇』探討的主題！」客人說，「社會參與的角色，更快樂的員工如何創造更快樂的社區。有一些令人非常興奮的研究顯示，靜坐改善了工作滿意度，還有員工留職率，同時也減輕壓力和過勞的狀況。」

「對我來說，所有的利益當中最好的是，工作上同事彼此之間相處模式的改變，也就是他們能夠調節自我情緒。要找出技術或財務問題的解決方案通常不難。但是，人際相處的問題？那是最難處理的。不過我們很幸運，我們發現到只要人們規律靜坐，特別是團隊一起做，就不會對小事情這麼緊張焦慮了。」

「比較不執著。」達賴喇嘛點著頭，「比較開放了。」

「沒錯。事實上，我們還想出了一句口號：『一起靜坐，一起工作，團結一心，成果豐碩！』」

尊者呵呵笑了起來，再次伸手去握住客人的手。「你是非常好的靜坐活廣告，」他邊說邊呵呵笑不停，接著，他的神情轉為嚴肅起來，「但是如果你真要我去你們的大會發表演說，我也得講一些我關切的事情。」

「您關切的事？」

達賴喇嘛假裝駝著背，拿著手機，兩隻大拇指在想像的螢幕上滑動，「太多動作、盲目的分心。這樣會導致很大的焦慮。這樣會摧毀內在平和。人們如果過於沉溺於手機，他們的滿足感會被剝奪。」

沒有人可以否認達賴喇嘛所說的這點。我自己每天在「喜馬拉雅．書．咖啡」也都看到，那些來自世界各地的觀光客完全離不開隨身的行動裝置，完全沉浸在世界的另一頭所發生的事情，或者只因網路連線頻寬不夠，通訊速度稍有延遲就挫折沮喪，卻不好好享受優雅的用餐環境，也不親身體驗那地方的新奇感受。

我在窗台上動來動去，終於慵懶地伸出兩隻前爪伸展一番，然後從我的老地方一躍而下。我朝向這兩個男人坐著的地方走去，一身茸茸長毛在走過地毯的一路上輕輕抖動飄揚。

「這些觀點很有道理，」客人說，「每當有新科技問世，我們一定要問如何能做到最好的利用。」

「**要看動機。**」尊者總結道。

「當然。」這位客人似乎不確定要如何面對我這番顯然是意外的現身，同時還要試著找出一個比較正面的話來回應尊者。

「我有一個信佛的朋友，他給自己的手機寫了一個應用程式。一天當中讓手機不定時地發出一個特別的聲音。他把它命名為『菩薩鬧鐘』，用來提醒並質問自己在那個當下的作為。」

達賴喇嘛揚起雙眉。**「菩薩」是佛教用語，意思是「覺悟的生命體」**。在一天之中設下鬧鐘作為靈性上的提醒，這不算是新概念，但是用手機來操作倒是新奇。

那時，我覺得是時候該得到一些關注了。於是，輕輕地「喵」一下，便從地上躍起，跳到尊者的膝上。

客人滿臉的訝異之色，望著我在達賴喇嘛的膝蓋上繞圈子，還在他的紅袍子上揉了幾下，沉思了一小會兒，這才坐定。

尊者注視著客人說：「她是我的『貓薩鬧鐘』。」尊者一臉調皮的表情，「非常有效喔。最棒的一點是，她是『眾生』之一，也是『擁有心智的生命體』。而且她是……那個詞是怎麼說的……啊，互動式的！」

他們兩人哈哈大笑時，我抬頭看著達賴喇嘛，然後很大聲地「呼嚕嚕」起來。

「這個鬧鐘的音樂很不錯呢。」這位「貓砂」（Litter 發音類似 Twitter，推特）主管邊笑邊說。

「貓砂公司」主管離開辦公室後，我隨即進行我傍晚時分的全樓快走運動。尾巴高高舉起的我行經行政助理辦公室時，注意到丹增正在對著電腦講話。之前就一直在等候與梵蒂岡用網路電話 Skype 聯絡，因此我很自然地也好奇有什麼新鮮事呢。我跳上了丹增對面的辦公桌，緩步走向他坐著的地方。從電腦螢幕兩側傳出人聲，卻不見其人。

「我現在可以去拿他的行事曆來確認日期，」我繞到電腦前方看見一個西裝打扮的男子正在說話，「但是我得到走廊那邊去拿。」

「呃，我也剛好內急，」丹增回答，「要不我們五分鐘後再回來？」

聚精會神看著螢幕的我注意到螢幕中的男人使用的辦公桌和丹增的幾乎相同。但這種細節無法讓我保持專注超過五秒鐘，但是……在螢幕的底部突然出現了一個鼻狀物。兩邊宛若雜草叢生的長毛凌亂不堪。還有一條粉紅色的大舌頭垂在下方。不用說也知道是條狗。

我的貓鬚抖了一下。

「好的，好的！」那男人用義大利文答應著，同時把椅子往後滑，然後離開他的辦公桌。

我跑過去占據了螢幕前方的中央位置，密切注意著那隻狗鼻子的動靜。不一會兒，如同我靠近螢幕一般，狗頭也更靠近他的螢幕，形成了一整個大狗頭逼近的畫面。超大的咖啡色狗眼睛裡有淘氣的神采。

就在不久之前，曾經有段時間我對任何大型犬的反應不是恐懼就是輕蔑，全看我跟對方的距離有多遠而定。後來，我學到了貓族若要解除犬類的警戒心，最好的方法就是保持冷靜友好，而不是盲目地受貓族本能的擺布。

加上也是不久之前的夢境中，那個半新不舊的訊息——我本身就曾經是一頭……

「請問你是誰？」我用愉悅的語氣詢問那隻毛髮蓬亂的大狗。

開口回答的是個男中音，音質有如春喜太太的匈牙利牛肉肉汁一般圓潤，還有一種我難以辨識的、如音樂般的奇怪口音：「我是一個擁有許多名號的生命體。」

「什麼？」我嚇了一大跳。

「我是一個擁有許多名號的生命體。」是我的台詞耶！這個冒牌貨到底在幹什麼啊，想搶我台詞？

「但是你一定有個……什麼正式名號之類的啊？」我稍微施壓。

「HHD？」他說著，眼睛亮了一下。

「別傻了。不可能！」

「為什麼不可能？」聽起來他是真的不知道為什麼。

「因為那太像我的名號了。ＨＨＣ。尊者貓。尊者的貓。」

「妳確定？」他興奮地吠了一聲，「我是尊者的狗耶！」

這隻大狗的活潑舉止中有種讓我覺得惱怒，卻又奇怪地想笑出來的東西。

「尊者沒有養狗。」我說。我很篤定自己掌握著事實真相。

「他當然有啊，」他大聲說道，挺討人喜歡的模樣。「我就是！」

我該拿這隻披頭散髮的野狗怎麼辦呢？

「妳不必相信我的話，」他繼續說道：「看看今天晚上的電視吧。剛剛有人來拍攝影片，我在其中一段有露面。他們真的拍了。」

「可是尊者他今天沒有媒體採訪啊。」

「有啊，他有啊。」

「沒有，他沒有。」

「不管怎樣，妳怎麼會知道呢？」

「我本來就應該知道達賴喇嘛的事——我是他的貓哇！」

「達賴喇嘛是誰？」

他打的是心理戰嗎？還是說，這是犬類的某種幽默感？

我用我這雙寶石藍眸子的全力凝視定住了他，然後簡單說道：「達賴喇嘛就是尊者。」

「不是不是！教宗才是。」

然後，我們同時來到「啊～哈～」的時刻。

「所以說，」我們沉默一會兒後我先開口了：「你的尊者住在羅馬？」

「那是自然囉。那妳的尊者住在哪裡？」

「印度。」

「我覺得妳看起來不像印度貓。」

「那是因為我是喜馬拉雅貓。要說這事的話嘛，你好像也不是義大利犬。」

「那是因為我是愛爾蘭犬。一種獵狼犬。」

「我很高興我們把話都說清楚了。」

接著我們倆只是呆呆看著各自的螢幕，相對無言。

「那……」他側著頭，臉上浮現滑稽的表情：「妳的尊者為人怎樣？」

「超棒的！」我告訴他。然後，因為想要說明我和他的關係有多親密，我就吹牛說：「我晚上都在他床上睡覺。」

「我也是耶！」那狗回答道：「……啊，我是說，我都睡在『我家尊者』的床上啦。」

「他的生活很簡單。」我繼續說道。

「我家尊者也是耶！」

「他每天清晨花很多時間靜坐，還有閱讀經典。」

「我家尊者也是耶！」

他一定要繼續這樣回話嗎？

「你家尊者都教些什麼呢？主要……是……」我決定要考他一下。

他抬起一隻後腿，好好抓撓了耳朵一番，然後才說：「愛與慈悲。」

「我家尊者也是耶！」我說。

我們又同坐了好一會兒，呆呆看著彼此，都不確定還要說些什麼。然後，HHD意外發揮了慷慨精神，大聲宣布：「我還是得說，妳算是貓族裡面很酷的那種。大部分的貓都超會擺架子的。」

「HHD，謝謝你。」我「呼嚕嚕」起來，「其實，在犬類之中，你是相當……」

我思索著丹增在類似的外交場合中會使用的字眼，然後我說的是：「……超有魅力的。」

他嘴巴都合不攏了，粉紅色的大舌頭就邋遢地在外晃蕩不止。「那正是我的愛爾蘭本色啊。」他說。

第六章

來訪嘉賓：洛桑・羅田。
伏藏 TERMA。極樂貓薄荷。前世逃難場景。

想要更有覺察力的話，
有沒有什麼特別的事情，
我們應該努力嘗試的？

達賴喇嘛說：「當我們最終得以解脫心念的紛擾時，你知道會是怎樣的……」「沒錯，」倫督格西同意道：「我們好像會被制約在兩種狀態的其中一種：不是躁動，就是睡覺。」

「……但是更重要，也更有價值的是『心念伏藏』。『心念伏藏』的真相是非常珍貴的。『心念伏藏』可以幫助我們覺悟自己的真實本性。」

親愛的讀者，您多久會有一次機會，能夠近距離欣賞到稀世珍寶——特別是那種極其罕見的聖物呢？

我想應該不多吧。

而我現在的狀況正是要這麼做——這就是某日近中午時分，我為何跟著達賴喇嘛穿過院子來到鄰近尊勝寺的一間密室中。我心中預期能夠一償宿願。尊者也邀請了幾位高階喇嘛同來接待貴賓。這天上午的會面顯然與一件可能極為重大的事件有關。

這位貴賓名叫洛桑．羅田，年約二十出頭，前一個星期才從西藏逃出來。他極度緊張。一開始的時候，他甚至無法接觸任何一位喇嘛的目光。他衣衫襤褸，形容憔悴。他從西藏逃出後的經歷很明顯是可怕的折磨，一如大多數的難民。他面前的矮桌上放著一個殘破的紙箱。

尊者注意到洛桑內心的不安，便命尊勝寺廚房準備西藏酥油茶。然後，他在他身邊坐下來，問起他的家鄉事。這位客人一得知幾位喇嘛與自己村子裡的長輩們都很熟悉，特別是，達賴喇嘛也聽說過他已故的父親有極高的靜坐功夫時，他便慢慢地放鬆了下來。因為我坐在尊者身旁，所以沒有人質疑我的存在。一如當場的其他人，我也很好奇紙箱裡到底裝了什麼東西。

「中國在一九五九年入侵西藏後，我父親便撤下家中的神桌，並在附近的洞穴裡設立神壇，」酥油茶送上來，達賴喇嘛的臨在也開始發揮力量之後，洛桑便告訴眾喇嘛：「他很熟悉山區地勢，知道有個特別的山洞，其入口狹窄隱蔽，但裡頭則豁然開朗，乾爽空曠，是一個可靜坐、祈禱的完美處所。後來，這裡便成了我父親供奉家傳的佛像，以及懸掛唐卡的地方。」

「六十五年來，這個洞穴是他的私人小廟。幾個月前的某個晚上發生了輕微地震。第二天一早，父親憂心忡忡地前往洞穴查看。回來後，他告訴我們說洞穴裡面沒有異狀，但是較裡面有個地方，之前就曾有片狀的石塊掉落。這片石塊先前從頂部崩落後，父親就拿來當作架子使用，但是上面並沒有什麼貴重物品，就只有幾支供佛的香罷了。」

「幾天後，他帶上手電筒，想要更仔細地查看一番。這次便發現了洞穴最深處，在石塊崩落的旁邊有一個深色物體。他拿來近身一瞧，發現那是個皮革袋子，袋子裡裝有看起來很古老的金屬管子，是密封起來的。」

洛桑現在能夠直接看著達賴喇嘛了。達賴喇嘛的眼睛裡映照出他的興奮神色。

「我父親相信這肯定是罕見的經書或預言。於是他當下便決定必須跑這一趟，並將這個物件交給尊者您。但是幾個星期後，他卻因病過世了。他死後，我知道我一定要完成他的遺願。」

「很感謝你們。」達賴喇嘛說著，同時將雙手合十。

尊者與其他的喇嘛們又問了年輕人幾個問題——洞穴的確切位置、村子附近有哪幾間寺院、知道這件事情的還有誰等等。在一旁的我則癡迷地盯著舊紙箱。

這幾年來，我偶而聽人談起這種隱藏經書的傳統，也稱為「伏藏」(terma)。有許多伏藏是具有千里眼超能力的修行者所祕藏的。他們相信這類經文將會在能給予世人最大利益之時被發現，適時提供世人啟示。出現的時機也可能是在未來幾百年之後。管子內裝有一份「伏藏」這個概念真的非常有趣！

洛桑開始打開紙箱，他撕開用來固定箱蓋的褐色膠帶，拆開封口。下一步，他拿掉層層的紙和布。最後，他拿出的是用來包裹的古老白色布巾。他說他的祖父曾將這條布巾呈給尊者的前任——第十三世達賴喇嘛，後來他父親就把這條布巾披掛在洞穴神壇上的中央佛像身上。雖然這條布巾歷史久遠，但仍相當白淨；顯然是高品質的布料。布巾上有以金黃絲線繡出的吉祥符號。

白布巾裡包著的是一個很古老的皮革袋子，約略是中型托特包的大小。用耐磨的繩索緊緊綑縛著。年輕人試圖解開時顯得有些費力。繩結終於解開後，皮革袋子也鬆了開來。袋口可以被打開來露出裡面的物品了。

室內此時肅然靜默，一種即將發生非同小可的事件的氣氛。年輕人伸手進皮革袋子裡，摸出了一個模樣古老的金屬管狀物。顏色看起來是錫製的，雖然沒有生鏽，兩端卻因年代久遠而泛黑。管狀物似乎是從中間部位封起來的，那裡有一截紅棕色的蠟環繞著。

洛桑以極大的敬意鞠躬，並以兩手將管狀物呈獻給達賴喇嘛，同時低聲說：「這是我父親的遺願，請您接受。」

尊者以雙手接下這個管狀物，同時也鞠躬致意，並讓彼此的額頭互碰——這個特別的回禮姿勢我也曾看過格西拉對法郎做過。他們兩人就這樣額頭互碰，看著下方的金屬管好一會兒。然後，達賴喇嘛直起身來，仔細查看著金屬管，不發一語。最後，他交給其中一位喇嘛。

「倫督格西對這類伏藏的經驗最為豐富。」他向洛桑解釋。

大家都看著這位年老的格西將手中的金屬管翻面。

「您認為這會是古魯．仁波切的物品嗎？」

古魯．仁波切，或稱為「蓮花生大士」（Padmasambhava），是距今一千多年以前，

在伏藏和預言方面最為著名的導師之一。

倫督格西聳聳肩，「這可能是比較近代的。不過，我上一次看到像這樣保存良好的伏藏已經是很久以前的事了。」

「打開的話沒有安全顧慮嗎？」另一位喇嘛提議道。

「我想是沒有。」

達賴喇嘛揮了揮手示意他可以去做。

倫督格西取出一包工具，並從中抽出一把寬刃短刀、火柴及蠟燭。靜默卻懷著期待心情的我們看著他點燃蠟燭，拿著刀在燭火上加熱一會兒。接著，在他面前有兩位喇嘛持穩管狀物的兩端。熱刀碰觸封口，便輕易將其熔化開來。很快地整圈的紅棕色蠟油便熔化落在地上，露出管狀物的一半嵌入另一半的連接處。倫督格西仔細查看一番，兩手拿著管狀物兩端試圖拉開；一開始輕輕拉，後來則是較用力拉。

「有時候是要找到施壓點。」他說。他先擠壓連接處的右手邊，再換到左手邊。這樣子做了一會兒之後，便聽到喀擦一響。

倫督格西向上一瞧，眼睛閃光。他從管狀物的兩端拉開。這一次，管狀物的兩半滑了開來並露出裡面布包的書頁。他把管狀物放在桌上，移開布面。按照傳統作法，頁面之間並沒有裝訂而是用細木片連結，木片也具有書套功能。翻開最上面的木片後，頁首以藏文書寫，雖然因年代久遠而泛黃，但仍清晰可辨。

全室無人發出一語，只聽到他明顯的呼吸聲。

我看著他的雙眼迅速掃過經書內文。他很快地翻頁，繼續默讀。然後他停了下來，看向達賴喇嘛說：「我需要徹底查證一下，但是我想這份經書很可能是從『偉大的五世』時代傳下來的。」

他說這話時，我可以感覺到室內彷彿接上電流般開始充電。「偉大的五世」一詞指的是第五世達賴喇嘛，他在十七世紀的時候統一了西藏。他被尊為西藏的宗教及政治領袖。

「中國於一九五九年入侵西藏後，他的時代所留下來的經書幾乎全部失去，」倫督格西向洛桑解釋，他眼中閃閃發亮，「若這份經書果真是那個時代的遺物，那就真是稀世珍寶了。如果內容有什麼新的、預言性的……」

他似乎一時找不到詞彙來形容那個可能性。

洛桑高興得紅光滿面。然後，他想起現場還有許多喇嘛，便稍微收斂地看向地面。

「我們需要查證一下，」達賴喇嘛告訴他，「可能會需要好幾個星期。這會兒，我們得安排一個好地方讓你暫住。」他伸出手緊握洛桑的手臂，「你是我們的一份子。我們會照顧你的。」

「謝謝您，」洛桑低聲說。過了一會兒，他的目光從尊者移到了我身上，「這是尊者的貓嗎？」他恭敬地問道。

達賴喇嘛點點頭，並伸手下來撫摸我。

「在西藏，人們會談論她的事。」

「真的？」對這句意料之外的話，尊者似乎與我同感訝異，「他們所認識的她是這個形相，或是小妹的形相呢？」

「是HHC。」洛桑確認道。

方才所聽到的話真叫我心驚肉跳的。「小妹」一詞是瑜伽師塔欽給我的稱謂。過去，他不只提過一次，而是好幾次了。而且都是在他與瑟琳娜談話時提到的。我之前以為這個稱謂是用來點出我與瑟琳娜之間的親密關係；但是，尊者剛剛所說的似乎暗指其中更廣的可能性。

這場會面顯然已近尾聲，洛桑伸出手拿起桌上的白布巾，並以極大的敬意，將之呈給尊者。達賴喇嘛接過來後，閉上雙眼，並念了禱文。這份祈禱讓白布巾充滿了嶄新的吉祥印記，每一寸都像上面所繡的裝飾同樣真實。他做完祈禱後，便將布巾攤開，披在洛桑的肩上。

洛桑抬起頭來看著他，眼中滿是淚水，不敢開口說話。

達賴喇嘛眉開眼笑的，「好了，你的白布巾現在已經有兩個不同版本的達賴喇嘛加持過了。」

不一會兒，會面結束，大家都準備離開。倫督格西拿起一塊洛桑用來當作內襯的布把金屬管和裡面珍貴的經文包起來帶走。包藏經文好幾個世紀的皮革袋子將會被留存建檔。倫督格西把皮革袋子放回紙箱，並說稍後會派一名比丘來取。

人類都離開之後，我跳上了桌面。

再也沒有什麼會比空紙箱更能讓貓咪開心的了。當這個紙箱裡還有一只空空的皮革袋子，而且是非比尋常的古董——甚至極可能是前幾世的達賴喇嘛個人使用過的——這種時候，想要爬進去裡面的衝動就更令我無法抵擋了。我用兩隻後腿站立起來，攀附在紙箱邊上嗅聞時，我並沒有多考慮什麼。我只是去做。快速的縱身一躍，頃刻間我已然身在皮革袋子裡了，當然也在紙箱裡了。接著，我環顧四周。

古董皮革的味道是我從來沒有聞過的。是有點兒霉味，但還不至於是爛掉的氣味啦；整體上還有一抹微微的線香味道。那是淡淡的檀香，還是喜馬拉雅山上的什麼香草呢？身處於那皮革袋子裡絕對是超凡脫俗的感覺，因為知道它的來歷以及它裝過什麼東西，所以那種感覺又更加強烈了。這就是為什麼我會突然想到：**這裡可是貓咪我靜坐的好地方呢！**

我把腳下的皮革好好地搓揉一番，然後安坐下來。我這樣坐下來的時候，因為體重的緣故，周邊的皮革就被往下拉低了些，也讓皮革袋子的開口處往內傾塌了些，造成一種搭帳篷的效果。雖然四周驟然暗黑，但是卻讓整個感覺更加神祕起來。我在這裡面，我現在的藏身處，不折不扣正是隱身於西藏深山中好幾百年的祕傳珍寶所在之處。我輕輕地「呼嚕嚕」叫起來，並專注在自己的呼吸上。

我不確定是否那就是暗示的力量，但是，親愛的讀者啊，我的內心似乎清晰得叫人驚奇。我幾乎沒有感到什麼躁動。即使達賴喇嘛剛剛提到了我是「小妹」，我也能專注在我的心念之上，而不會胡思亂想說那到底是什麼意思，只是心懷著一種安詳平靜的感覺持續吸氣吐氣。難道這將會是我此生所做的最好的靜坐嗎？

顯然不是啊。

因為過了一些時候，我便意識到自己一定是睡著了。我在不熟悉的黑暗中眨著雙眼，花了好一會兒才想起來我身在何方——或者應該說，我「之前」身在何方。

因為有某種感覺告訴我，我已經不在原來的地方了。

我在紙箱中坐起來，用頭部將皮革開口處推開，環顧四周。我知道自己已經不在之前的會議室了。一定是有人拿走了紙箱，並將紙箱中睡昏頭的我一併帶走了。唯一的光源來自門下方的縫隙，但已足夠讓我看清楚周圍環繞的架子和箱子。我終於認出了我所在之處——尊勝寺的檔案室。

我僅有的本能反應就是快逃。要從此刻的紙箱中逃脫並非易事，因為紙箱與上方的層架之間空間很有限。我必須胡亂揮動雙掌好一陣子，最後還得設法往紙箱邊緣踢上幾腳。我狼狽地一屁股坐到紙箱的另一邊。然後，沿著架子邊上走到了房間角落裡。

我一走到那裡，檔案室的門就打開來了，光線也隨門的滑動而加大。有位比丘踏進門來。

我可憐地喵喵叫著。

比丘沒有理我。他若無其事，把一本大部頭的書放在我剛剛才逃離的紙箱上面。然後，他向後轉。他一轉過身，我便認出他來；他是常常為高階喇嘛們跑腿的一個比丘——然而他是個聾子！

我還來不及想出辦法引起他的注意，他就「砰」的一聲關上檔案室的大門，我再度置身於黑暗中。我這才驚覺，如果再晚幾分鐘醒來，我可能就要身陷紙箱中，無路可逃了。

這番認識真是令我清醒不少。**我先前所做的靜坐練習，結果並不如我預期的那般成效卓著。我大可好好利用比平日更多的自由，不受心念紛擾；但是，看來我的心念還是很快就被沉悶打敗了。**

除了等待，我無事可做。我完全不知道比丘隔多久會來一趟檔案室，也不知道會不會有人路過。我沒有辦法跳到地上——我所在的架子位置太高了。由於幼貓時期受過傷，我的兩條後腿一直軟弱無力，我無法從很高的地方跳下去。唯一的選擇是留在原地，仔細傾聽是否有人經過這裡，然後就扯開喉嚨大喵特喵吧。

在一番綿綿無期的枯等之後，我察覺到大門再度旋轉開來。我抬起頭，在某位比丘踏進門、開了燈的同時，便大力地喵喵叫起來。

是奧力佛。他四處查看想找到喵聲的來源。

「ＨＨＣ！」他瞧見我蜷縮在高架上的角落時大叫。看到在他面前的那個殘破的紙箱時，他皺起眉頭，然後伸出手掂了掂紙箱上那本大部頭的書。

「我的老天爺啊！」他說。這種表達方法我以前從沒聽哪個西藏比丘說過。「妳到底是怎麼逃出來的呀？」

接著，他一把將我從架子上抱起來，把我帶到外頭，並將身後的大門鎖上。我讓他帶著我穿過一道蜿蜒的長廊，其盡頭就是廟宇，再往外就是我熟悉的大院子了。此時，我掙扎著要他將我放下。

「ＨＨＣ，妳不想要回家嗎？」

剛過正午的陽光從雲層間隙濾灑而下。我已經被關在黑暗裡好幾個小時了，他在想什麼呢？我繼續試圖掙脫。

奧力佛顯然對於接下來該做的事有不同的想法，所以我只好亮出我的貓爪——稍微啦！稍微——讓他知道我是認真的。再多扭動一下，我就從他的懷抱裡翻滾而下，落到地面上。我一站穩，便極盡我軟弱的後腿所能飛快地穿過院子。

奧力佛追了過來，但是跑得太慢。到了大門口，我轉身並回頭一瞥，但見他還在朝我這兒小跑步呢。

「HHC！」他在呼喚：「快回來，妳這個淘氣的小傢伙！」

我感知到他的心並無意追趕。於是，我向左奔去，沿著馬路邊上的灌木叢後方前進。

我——自——由——了！

此番沿著馬路並沒有前行多遠，便再度聞到那股味兒——那股銷魂陶醉的芬芳。我很快便放棄打算前往「喜馬拉雅．書．咖啡」尋求一頓下午茶款待的原始衝動。我記得第一次我是在樓上的窗台邊查探到那股香味的。第二次則是和旺波格西在一起的某個晚上，那時便知香味來源一定就在這條馬路上的某處。

我四爪齊發，繼續趕路，最後突破尊勝寺的地界，來到位在尊勝寺和一間養老院中間的僻靜小花園。我還蠻常跑到這裡來上個廁所的。今天當我費勁地爬向小花園時，放眼向這片蓊鬱蒼翠的田野望去，巨大的雪松好像撐著一把天篷，我的鼻翼因急喘而張合著。花園的四周有花壇為界，上頭有非洲愛情花、天竺牡丹、海芋，還有其它開花植物。花壇上整整齊齊的土壤耙得鬆鬆的，非常方便我們貓族舒適地如廁。然而，我可以察覺到那股特別的味道已然隱去。

這座花園真可說是一處園藝勝地，但是今天，一如以往，空無一人。雪松枝幹下方的木頭長椅空蕩蕩的等不到人來坐。養老院的住民們有時候會坐在陽台上遠眺這片翠綠景致，但是現在也不見人影。我注意過在花園一角有個小木屋，木門偶爾會半開著。有時可以看見裡頭有人影晃動。然而，除此之外，我從來沒見過這裡附近有人類出來走動。

我正想說也許得再沿路往下走才能找到香味來源時，風向改變了，忽然間，那一陣濃香迎面撲鼻而來：濃烈、明確無誤，而且就在我身旁不遠處。

我開始逆著風向穿過綠草地疾行。它的誘惑令我無法抗拒。愈走，味道愈濃烈。很快地，我穿過草坪，來到一座花壇。與我面對面的是一簇簇有著白花心形葉的植物，其濃郁、醉人的迷幻馨香瀰漫在空氣中。

我開始大嚼其綠色花莖。親愛的讀者，我沒有辦法。我是被逼的！我伸出兩隻貓爪，抓住葉柄舔個不停，還擺動頭部從左舔、從右舔。我看著自己深陷於對此種異香的渴望中，以至於全身不停戰慄。我在這些植物上摩挲著我的臉蛋；然後，往裡一跳，讓全身都沒入這簇花叢中，壓扁了花莖，也讓小白花遍灑在我身上。

噢，無比的幸福呦！

在香氛醉人的花葉裡，我伸展全身，我打著滾，我蜷縮起來。怎樣都不夠啊！我從來不曾完全地在感官肉體上如此地自我放縱過，就算當年和那隻鯖魚虎斑貓熱戀之時也不曾這樣。難道這就是傳說中的「貓薄荷」？就是那種我們貓族生來就有超級強烈的渴望，且其效果強大到幾乎可說是神奇的那種植物？

到了某個點上，那效力開始消退。極樂感變得稍微不明顯。味道也不那麼撩人了。蜷縮在花壇上的我好像一個毛絨絨的可頌麵包，閉著眼睛，感受溫暖的午後陽光灑在我的臉上。

打盹兒的時候到了。

進入夢鄉之際，恍惚間我還納悶著：我怎麼從來沒見過這裡有這種花啊？是誰種的呢？為什麼會種呢？

那天晚上，我在沙發上休息時，尊者坐在我身旁閱讀。經過了充滿冒險行程的一天之後，回到家都餓扁了。而現在的我已經裝好滿滿一肚子的食物，吃飽喝足，十分滿意。

當達賴喇嘛的一個警衛帶著訪客——倫督格西帶進來時，夜已經很深了。

「您吩咐過我，無論多晚都要把這個送過來的。」倫督格西說這話時略帶歉意，他同時把一個布包著的經書放到尊者面前的桌上。

「非常謝謝你。」達賴喇嘛的笑意充盈整個室內。他身子往前傾，很快地解開布包，露出裡面的書頁。

「我影印了兩份。一份給您，一份我自己留著研究。原版則交由專人保管。明天一早首要任務就是把它送到新德里做『碳十四』鑑定年分。」

尊者正盯著經書的複印本瞧。狹長的書頁裡滿載著文字，「你有機會看過內容了嗎？」

「尊者，我只看了一些些。」

「我知道除非你很肯定，否則你是不願意多說什麼的，」達賴喇嘛哈哈笑，朝倫督格西揮了揮手，「不過，這可能是出自何人之手，你可有什麼想法？」

在倫督格西試圖找到正確的字眼來表達之前有一小段靜默，「我們可以排除掉那些標準文本的評註者。我從一些參考文獻中推論這份經書應該是在西元一五〇〇年之後寫成的。」

尊者抬起頭來，表情中有強烈的專注。

「我的直覺還是告訴我這份經書是從『偉大的五世』時代流傳下來的。」

「正如你先前所說的。」

「我所沒有說的是……」——說到這裡，倫督格西壓低了聲音——「……我認為這份經書至少有一部分極可能是第五世本人親手寫的。」

尊者馬上睜大了雙眼。

「是幾個不同的人寫的。其中，在中央的部分，有幾個明顯的特質非常類似第五世達賴喇嘛的筆跡。但是，我當然還得再仔細查證一番。」

達賴喇嘛點著頭，再看回經書。

「那就請您也研究看看。」倫督格西邊說邊往後退。

「好的。格西拉，謝謝你。」尊者再次抬起頭，微笑地看著喇嘛。

倫督格西後來又想到什麼似的，又開口說道：「我也把金屬管和皮革袋子一併送去做『碳十四』鑑定。當然，這些東西的時間可能會比經書來得近些。」

達賴喇嘛低頭想了一會兒，然後說：「或許可以告訴他們，如果在皮革袋子裡發現幾根貓鬚什麼的，無須理會。」

「啊，對，對，聽說有那麼回事。」倫督格西往下瞧了我一眼，「說是HHC跑進裡頭睡著了。」

聽到這樣的說法，我便把兩耳往後貼緊。

「或許她是想要靜坐吧，」尊者在我身旁語氣親切說道：「**當我們最終得以解脫心念的紛擾時，你知道會是怎樣的……**」

「沒錯，」倫督格西同意道。「**我們好像會被制約在兩種狀態的其中一種：不是躁動，就是睡覺。**」

「對，對。要保持在放掉思慮、清明遼闊的狀態，並不容易。特別是當我們要學習靜坐的時候。」我感到他的手撫摸著我的脖子，鼓勵著我。

尊者熬夜閱讀經文的影印本直到很晚。我看得出來他完全被吸引住了。直到午夜過後他才關燈。我感覺到他伸手到床尾摸摸我，每當房裡剛熄燈，他總是這樣做，好讓在黑暗中的我放心。

「小雪獅，妳知道嗎，『伏藏』這種寶藏有兩類。有一種是看得到的伏藏，好比經書。但是更重要，也更有價值的是『心念伏藏』。『心念伏藏』的真相是非常珍貴的。『心念伏藏』可以幫助我們覺悟自己的真實本性。」

再過一會兒，我便飄入夢鄉。

我被一個沙彌用背帶固定在他身前。我們正沿著山邊快速前進。我感知到極大的恐慌，比什麼都強烈的恐慌。從沙彌的身體裡升起的重重憂懼，穿透背帶的布料傳給了我。

「嗡嘛呢叭咪吽。嗡嘛呢叭咪吽……」

他低聲輕輕唸著這個西藏最為人所知的咒語。

遠遠地在前頭疾行的是我們的一群同伴。

「羅布！快一點！」押後的是個高大強壯的男子，他轉身指向我們走來的方向。

「士兵離我們不遠了！」

我甚至不用低下頭去看我腳上雜亂的毛，但憑著作為達賴喇嘛的狗那些經驗，我便知道我正在從西藏被帶往印度的路上。就如同我也知道抱著我逃離的人是誰一樣。在這個夢裡，他顯現為一個名叫「羅布」的沙彌，但是他作為另一個人時，我跟他要更熟悉得多啊……但在夢中那個奇怪的模樣……是誰呢？我一時卻說不出來。

我們愈來愈落後了。我現在終於明白，那是因為羅布走起來一瘸一拐的。他的左腳沒有力氣。他正努力盡可能地不把身體重量放在左腳上。

「嗡嘛呢叭咪吽……」

他正努力要跟上前方愈來愈遠的同伴。我聽見他因為腳傷而痛苦地呻吟。保護我的安全這項工作託付給了他。我知道他把這件事情當作是神聖任務。

「**小妹，要自由啊～**」他提醒我，往下看著在他懷裡的背帶中安全的我。

開始下雪了，滿是石塊的崎嶇山路變得很滑。灑滿白雪的山景讓逃難的藏胞身上深色的服飾更加顯眼了。

羅布沒有那種登山鞋，可以用來走這種格外耗費體力的山路。他沒有一點東西可以敵得過那些追兵的軍靴。

「羅布！」前方的男子再次朝我們這邊轉過身來。他拚了命地揮著手。

羅布可以做的事都已經做了。他盡可能地在腳受傷的情況下快速前行。只是，仍然不夠快。

在寒冷的山風之中，「砰」的一聲宛如一根乾枯的樹枝被折斷的聲音。羅布倒在雪地裡。他往右側倒下，兩眼緊閉著。

我低聲嗚咽著。

一開始我什麼也看不見。不一會兒，血腥味衝出，令我反胃。

剛才那個高大的男子朝我們急奔而來。他臉上半包著禦寒的圍巾，我無法看清他的面孔，但是對於他的勇氣我沒有絲毫懷疑。他甘冒性命危險，前來查看羅布的情況。他看到子彈穿過羅布的胸膛，與我只有幾公分的距離。羅布已經回天乏術了。

他割斷羅布身上的背帶。我感覺到兩隻強壯的大手把我往上抱起來。我被往上拉提，得到安全庇護時感受到一種很原始的強大力量。

就在那一瞬間，我向下望著羅布的胸口汩汩流出血液的地方，然後愈來愈遠，變成一大片白雪中暈開的一抹亮紅……

我忽然間醒悟此人現在是誰了……

瑟琳娜！

第七章

來訪嘉賓：春喜太太母女。法郎。園藝，就像靜坐。

什麼思想會帶來最大的快樂？

尊者點點頭：「妳說得沒錯。我們的本能是只想著自我，關於『我』的事情。我們常見的口頭禪就是『我、我、我、我、我』。」他微微笑道。

達賴喇嘛的司機：「心念就像一座花園，是妳選擇要種出什麼的：雜草或鮮花？」

正念給了我們去選擇的機會。

親愛的讀者，如果你做過異常清晰的夢，就會知道這種夢會跟著你好幾天的。我在一樓窗台上感受著氣候的陰晴不定時，總會有些時候，也沒有什麼特別原因，那個夢裡的某些情節就會出現在我腦海裡，讓我重溫那段經歷。

雨季來臨；我多的是時間停留在窗台上向外張望。每當雲層又低又陰鬱，大白天的卻很怪異地陷入黑暗中，每當吹過窗戶的微風帶來了大街上一塵不染的乾淨味道，每當雨珠們在尊勝寺的大院子裡滴滴答答有節奏地敲擊著；那時，達賴喇嘛便會從安坐之處起身，走到角落裡打開電燈。我們的房間馬上就從雷電交加的蠻荒野地變成可以安穩棲身的避風港。牆上的唐卡彷彿活了起來，在柔和燈光下他們編織華麗的圖像中飽滿的紅色和金色閃動著，唐卡上描繪的聖靈們看起來彷彿隨時都會從他們的蓮花寶座上走下來，走進我們溫暖的聖殿。

這種時候，尊者就會走到我身邊說些話讓我安心。

「我的小雪獅，妳還好嗎？」他詢問時，彎下腰來貼近我所坐臥之處。有好一會兒，我們一起向外眺望，看著窗戶的外側雨滴一串串地滑落。達賴喇嘛會撫著我的脖子，或者會在我耳邊低聲念起一些咒語。**對我而言，這永遠是最奇怪，也是我最喜歡的矛盾，那就是：每當外面的世界掀起最恐怖的威脅，那卻正是我感覺到最受保護的時候。**黑暗中，內在的那盞燈會照射出最明亮的光。

就是在這樣的一個上午，春喜太太和瑟琳娜來了，冒著風吹雨淋。自從尊者給她們上了第一堂靜坐課，已經過了六星期了。瑟琳娜一踏進房裡，我便比平日更加仔細地觀察她。

我還在設法接受我夢中那些離奇的情節。我好納悶瑟琳娜會不會有什麼線索。她到底知不知道，她前世是死於帶我翻越喜馬拉雅山的任務？她知不知道我是她的小妹，我能否安全抵達目的地是她直到生命盡頭時一心之所繫？這當然說明了打從我們見面一開始，我就對她一直懷有強烈的親密感。我們這一生的情誼其實是延續自前世的連結。我也很好奇到底我獲救後還發生過什麼事呢？那個手勁強大的高壯男子是否一路將我帶到了印度呢？我又是怎麼會讓陸鐸老師照顧的呢？

瑟琳娜和她的母親坐下來，茶也倒好了，我便走近燈光下她們坐著的地方。我輕輕一躍跳上沙發，並在她們兩人之間蜷曲起來。我覺得那兒很舒適很安全，離外頭猛烈的傾盆大雨遠遠的。

「哦，」尊者注視著春喜太太，開始說道：「自從妳挑戰靜坐練習，已經過了六星期了。妳覺得這個練習有用嗎？」

雖說他是對著她問問題，可是他也用溫暖的心擁抱著同時在場的我們。

「我還是個十足十的初學者，」春喜太太告訴他：「但是，我想是有幫助啦。我感覺到有一些些……不一樣了。」

我往上看著春喜太太，用我閃著藍寶石光的凝視堅定地盯著她瞧。我注意到她化的妝似乎更為精緻了，以前用的濃厚睫毛不見了。而且，她不再滿手都是鐲子，以前每當她的雙手一動，成串成串的鐲子便響個不停——身為義大利人，運用強而有力的身體表達是常有的事——但現在的她只戴著一隻黃金手鐲，在燈光下一閃一閃很漂亮。

達賴喇嘛示意春喜太太說下去。

「很難說這到底是怎麼一回事，」她告訴他：「比起什麼的……好像，更多的是一種感覺吧。」

「一種感覺？」

「對。我覺得我……比較能注意到東西了。」

尊者點點頭。

「聽起來有些蠢，可是前幾天我摘了園子裡的杜鵑花，擺在花瓶裡插好後，準備放在玄關。這是好幾年來我做過不下百次的一件事情。但是上星期，我看著杜鵑花，這才注意到她們好美。是真的注意到了。感覺很 forte……感覺蠻強烈的！」

達賴喇嘛微笑著。

「聽音樂的時候也一樣。」瑟琳娜點點頭，與她交換了個眼色。

「我們播放了我從小就很熟悉的一首歌曲。但是，感覺好強烈啊，我完全陷進音樂的情緒裡，後來發現自己淚流滿面。」

瑟琳娜伸出手來，握了她的手一下，「讓人感傷的懷舊。」

春喜太太猛點頭，在回憶面前淚眼朦朧。

「還有嗎？」尊者問道。

春喜太太聳聳肩。「可能也沒什麼啦，就是前幾天我們的會計師打電話來。我和他說話的時候，覺得自己愈來愈緊繃，愈來愈緊繃。我能注意到在自己身上發生了些什麼事……」

「妳那時候還說妳感覺到肩膀愈來愈緊……」瑟琳娜提醒。

「對哦。所以，他說話的時候，我就特意做幾個呼吸，像你做給我們看的那樣。這樣可以創造更多空間。後來我想到以前的時候，我每次和會計師說話時都會覺得很緊繃。跟其他很多人說話的時候也是。」

達賴喇嘛持續點著頭。

「你認為這些事情和靜坐有什麼關係嗎？」她問。

「肯定有關係。」他說。

「可是會計師打來的時候，我沒在靜坐啊，這樣也有關係？我插花的時候也沒靜坐啊？」

「當然囉。」達賴喇嘛靜默了一會兒，他在想怎麼說明比較好。「如果妳去運動，譬如跑步或者……」——他擺出舉重的姿勢——「如果妳規律運動，即使時間很短，那也會影響妳很多，對不對？」

這兩位女士點頭表示理解。

「所以說，『正念』就是這麼一回事。一點一滴，妳會愈來愈有正念，會更加覺察到自己在『身、語、意』方方面面的每一個作為。不是只有在妳靜坐的時候。這是非常有幫助的，**因為唯有在我們能覺察的時候，我們才能夠改變。**」

「人無法管理自己沒看見的東西。」瑟琳娜說。

「非常好！」尊者的臉亮了起來。

「就算我的靜坐練習沒有進步，」——從春喜太太的聲音聽來，她已擺脫疑慮——「那也會愈來愈能覺察嗎？」

尊者把頭偏向一側。

「我不是在批評啦。」她兩手環抱在胸前，似乎有防衛之意，「我知道不可以。我只是在說，即使我都靜坐六個星期了，我的靜坐功夫也沒有比較好。」

尊者微笑，「要找到靜坐有進步的跡象，回頭看過去六星期是沒有幫助的，而且就算看過去一整年，可能也是沒有的。但是，如果比的是五年前、十年前，那麼妳肯定能看到進步的跡象。然而，這段時間以來，妳已經對於靜坐的許多好處有所體驗了。」

春喜太太思忖著，「**很像是緩慢的覺醒。**」

達賴喇嘛點點頭，「佛陀意即『覺者』。」

「您說靜坐能讓人更覺察到所發生的事情，這樣人們就會改變。」瑟琳娜思索著恰當的字眼，她皺起前額，「**想要更有覺察力的話，有沒有什麼特別的事情是我們應該努力嘗試的？**」

「我們每一個人都不一樣。不同的性情、不同的挑戰。如果我們有壓力大的問題，」——他身體稍微轉向春喜太太——「**最有用的辦法就是我們一感到緊張就馬上注意自己。唯有如此我們才能調整自己的行為**，就像妳已經在做的這樣。」

春喜太太沉浸在受到尊者認可的溫暖之中，「我會繼續靜坐的，」她告訴他。「我已經注意到有非常好的改變。我也瞭解到這六個星期只是一個開端而已。」

他對她微笑時，整個房間都因為他溫暖的仁慈之心而亮了起來。

「一般說來，」過了一會兒，他回到瑟琳娜問的問題，「**培養覺察力，最好就是從『心念』本身開始**。就像佛陀所說：『**心念是一切作為的前兆。一切行為皆由心念所引發、所開創**。若以清淨的心念，或言或行，那麼，樂之必然相隨，將如影之不離身形。』」

我們就這樣一起在燈下坐了一會兒，咀嚼著佛陀的智慧言語。外頭的天空變得更暗了，在岡格拉山谷一陣陣的風呼嘯而過。讓我們感到受保護的安全感的，不只是因為房裡燈光柔和，也是因為在尊者身旁所感受到的平和氣場。彷彿大自然的力量親自邀請我們參與此時此刻。只有我們四個，簡單地停駐於此時此地。我再一次驚訝地發現：即使外面的世界動盪不安，藉由將注意力拉回到當下，我們依然能夠經驗到永恆的寧靜。

春喜太太和瑟琳娜也瞭解這一點，所以，我們就這樣一起坐著，不需要找什麼話講。最後尊者說話了。

「**快樂與不快樂兩者都來自於思想。我們的挑戰是培養能夠帶來快樂的想法，並且避免會讓我們受苦的想法。**我們有這麼多時候，內心充滿負面思想，卻因為深陷其中而無法瞭解發生了什麼事情。或是因為我們沒辦法幫助自己。但是培養『正念』的話，就可能較有覺察力。比較能察覺自己正在想些什麼，有需要的話，也比較能改變自我。」

兩位女士細思這番話。

「尊者，**什麼樣的思想會帶來最大的快樂呢？**」春喜太太問道。

達賴喇嘛伸出手來握了她的手一下，「當我們懷著慈悲心想著其他眾生時，這會為我們帶來最大的快樂。**當我們動腦筋想要幫助他者避免受苦，並讓他們得到滿足時，我們自己是第一個受惠的人。**」

「好像很容易的樣子，」瑟琳娜說：「但是，不簡單啊。」

尊者點點頭，「妳說得沒錯。我們的本能是只想著自我，關於『我』的事情。我們常見的口頭禪就是『我、我、我、我、我』。」他微微笑道：「然而，倘若我們希望得到快樂，這並不是快樂的思考方式。**『正念』可以是個幫助我們的工具，可以用『為他者設想』來取代『為自我設想』。**」

近中午時分，季風的雨雲已經散去。剛剛因靜坐練習的好處而深受鼓舞的春喜太太和瑟琳娜也已經離開尊勝寺。而我則決定要重溫一下我在「喜馬拉雅．書．咖啡」那個已得到官方認證的稱號——「神聖生命」及其角色。

當我一搖一擺走進咖啡館前門時，我注意到裡面有股異常喧鬧的氣氛。一登上了我的雜誌架頂層，我便瞧見喧嘩噪音的來源是在角落一張桌子上圍聚的法郎、艾文等等一群朋友，他們正在吃午餐。不斷傳來大方隨興開香檳酒的啵啵聲。接下來的一兩個小時，整個咖啡館不斷迴盪著大笑的聲浪。不過，直到艾文走到鋼琴邊，這番慶祝的緣由仍然是個謎題。他打開琴蓋，彈了一套華麗的打擊樂和弦組曲，可比擬全盛時期的美國鋼琴家李柏瑞斯（Liberace）。他讓咖啡館內所有的談話聲音都停了下來，然後繼續彈奏的是一首「生日快樂」歌。

咖啡館裡每個人都加入合唱，角落那張餐桌則適時大聲喊出「親愛的法郎生日快樂」！

這場生日餐會很是愜意悠閒，下午三點半才上了甜點，最後到了五點，與會者才開始散去。然而，法郎並無意結束，他又點了一瓶香檳，往書店區的沙發走去，還堅持要瑟琳娜和山姆陪他喝。他的兩條狗，嗅到了主人可能會餵食的機會，便從接待櫃台下方的籃子裡急急掙扎爬出，衝上階梯，並跳上了法郎與山姆同坐的沙發。我也不願意錯失良機，便也很快地跟上去，坐到瑟琳娜的膝上。

「這頓生日大餐看起來不錯呢。」山姆邊說，邊朝著法郎與朋友們聚會的那張大餐桌點點頭。

「有史以來最好的！」法郎答道，眼睛閃閃發光，「所有這一切，」——他做了一個橫掃整間咖啡館的手勢——「一直都很棒！瑟琳娜，感謝妳！」他傾身向前，親吻她的臉頰。

「噢，不客氣。但這不只是我的緣故，」臉色明亮的瑟琳娜輕聲反對道。除了她，庫沙里也一起協辦整場慶祝餐會，確保食物和服務都零缺失，「我猜這裡的每一個人都一直想要回報你那場很棒的鋼琴晚會啊。」

「那我就再敬所有這些人一杯！」法郎高舉酒杯。接著，在場的人都喝了點香檳後，他補充說：「我好幾年前早就該辦鋼琴演奏會了。只不過，我得先完成幾件事。」

法郎注意到瑟琳娜滿臉疑惑。「重點是，我成長的一路上，鋼琴就是我的生命。我開過演奏會，也和管弦樂團合作過，無論什麼，妳能講出來的我都做過。鋼琴是我的熱情所在。但我父親希望我跟隨他的腳步——讀工程。我唸大學時去上音樂課，惹得他大怒。他警告我彈鋼琴不可能過上體面的生活，還說我應該聽頭腦的話，不應該跟隨自己的心。所以，我在三十出頭時失業了，也經歷了一段特別糟糕的歲月，我父親那句最可怕的預言好像成真了。因為想要離那兒遠遠的，所以，我便飛到印度來。」

「法郎，是真的嗎？」瑟琳娜的聲音很輕柔。

我在她的膝上，正密切注意著。以往，法郎幾乎不曾談及自己的私生活。不論是去聽格西拉講「自我接納」，或是一連狂飲好幾個小時香檳，或是綜合以上兩者。他剛剛所說的幾個句子都比過去好幾年多得多。而且，看起來，還會講更多。

「我只是想去一個沒有人認識我的地方。那個時候，印度西北部就好像是世界的盡頭。但是到了這裡之後……」他臉上閃過淒然一笑。

「卻發現你依然是你？」山姆猜測道。

「沒錯。」

「不管我們去到多遠的地方，永遠都沒辦法躲避自己。」山姆依據他個人經驗說道。

「所以我就把自己扔進咖啡館裡。」法郎聳聳肩，「往前走就有尊者，還有這些穿紅袍的人，我想當個佛教徒應該很酷吧。哈哈，我一定是搞錯了！」他輕輕笑道：「但是，旺波格西把我救了出來。」

「我一直都很好奇他怎麼會成為你的導師，」瑟琳娜說：「他不太收西方人做學生的。」

「喔，整件事是從達賴喇嘛開始的，」法郎說：「他以前有個行政助理，名叫邱俠的，他有一天跑進來問我是否願意收養當時被棄養的小凱凱。」法郎拍了拍在沙發上他身旁的拉薩犬，「我去尊勝寺邱俠的辦公室接小凱凱時，尊者也來了。」法郎笑著搖了搖頭，「他可能是看到我來了。以前那時候啊，我真是個混蛋，十足十的混蛋啊。」

「那現在呢？」瑟琳娜調皮地問問看。

「仍舊相當混蛋，可至少我知道我是個混蛋。」他一邊大笑一邊搶白道。

「反正，尊者就直接講到重點，他說我得有個導師。那我就問他他推薦誰呢，他就提到旺波格西的大名。」

「你當時知道他是尊勝寺最嚴厲的導師之一嗎？」山姆問。

「一點都不知道啊，」法郎回答：「這顯然是達賴喇嘛的玩笑話。但是旺波格西的確就是我需要的導師。他很快就讓我明白了佛教和剃光頭，和累積灌頂次數一點關係也沒有。**佛教講的是『心』。我上了愈多的課，做了愈多的靜坐練習，就愈能釐清——有生以來第一次能夠釐清——真的，我絕大部分的不快樂都是自找的。**我用所有這些不快樂的想法——特別是與我父親有關的那些想法——在折磨我自己。」

大家沉默了好一會兒，然後山姆才點點頭：「聽起來和我的情況蠻類似的。」他環顧了餐桌，然後才說：「我從美國洛杉磯一家書店被解僱後便來到這裡。我也是用所有那些負面想法在折磨自己。」

其他人紛紛表示吃驚又同情的感受時，我轉身看著山姆。我記得他第一次來到「喜馬拉雅・書・咖啡」時有多麼緊張兮兮的。

「我以前會一直想說我是個沒有希望的失敗者，用這種想法鞭打自己，」他繼續說：「**我腦袋裡也許有滿滿的道理，但是沒有人喜歡我。我沒辦法與人連結。**」

「我還記得那時候，基本上還得求你，你才願意來上班。」法郎面帶笑容。

山姆點點頭。

「你知道嗎，這個問題我甚至去找過治療師。她告訴我說，並不是真正發生過的事情讓我覺得很糟糕。失業的人有很多，他們也沒有因此倒下來癱成一團。所有的傷害是我自己的想法和解讀方式一手造成的。問題是，想法已經是全自動的了，我都沒辦法阻止。直到我上山去找格西拉，開始練習正念，我才比較能覺察到自己的心念裡有些什麼。才有能力針對問題來做點事情。」

「好極了！」瑟琳娜說：「就在今天上午，達賴喇嘛才說過幾乎一模一樣的概念，只不過用的是不同的話。告訴我，治療師有建議你做什麼事情去除帶來不快樂的想法嗎？」

「有啊，」山姆答道：「但不是妳想的那樣。他不是要我去想更多關於自己的正面想法，而是**建議把『我』這個主題換掉。她說我應該多專注去想那些我在乎的人，或那些正面臨困難的人。**」

瑟琳娜往後靠向椅背時，眼中閃著亮光，「那正是尊者所說的。」

「相似的例子不勝枚舉，」山姆帶著權威感說道：「許多西方人看著華麗的佛寺、著紅袍的比丘、那些儀式、禱文、導師等等，便認為佛教是一個以信仰為基礎的宗教，類似『東方人的基督教』，有這種誤會是可以理解的。然而，事實上，完全不是那麼回事。對我們而言，更重要的是不要因為宗教的標誌、儀式這些『外表』就轉移路線。佛教的主要目的就是去經驗『心念』的本質。我們的心念如何運作才是主要焦點。」

「而其途徑，」法郎說：「是非常……非常……」

「艱辛的，」山姆呼應道：「你讓某人閉關花五千個小時去觀察『**意識**』的一個精微層面。又讓另一個人也做一樣的事。他們就會發展出一種語言去描述各自的發現。幾千年的時間下來，這些觀念被重複、測試、議論。結果得到某種一致的理解，還有一些關於如何管理心念方面非常清楚的方向。」

靜默了一會兒後，瑟琳娜說：「難怪尊者總是理解的。而且，也總是這麼快樂。」

「要達到那樣的境界，我還有很長的一段路要走，」法郎說，他面露淘氣的笑容，看著山姆又接著看向瑟琳娜，舉起酒杯說：「但是此刻，喝香檳吧！」

不一會兒，我練習正念的機會就來了，具體而言，就是冥想貓薄荷。我決定從「喜馬拉雅．書．咖啡」出發走回山上，經過尊勝寺大門口後，便直接去那個花園。

自從我發現了這個令我歡喜的迷幻之物，我已經去過好幾次了——親愛的讀者，先別批評我，畢竟我們貓族可沒有裝滿啤酒的冰箱、酒窖、酒櫃什麼的呀。在花壇上滾來滾去幾分鐘會帶來什麼傷害嗎？

我走著走著，記起春喜太太今天上午告訴達賴喇嘛的事情。她說她真的注意到了園子裡的杜鵑花有多美。說她因為聽到一首極喜愛的音樂而落淚。正念為她的生命帶來漣漪效應，為所有她觀察到的事物帶來全新的解析度。這對我也會有相同的效應嗎？

因為好像在過去的幾個星期當中，**我不只開始更能關注到我周圍世界裡的事物——也變得比較有本能、比較覺察得到我一直以來所忽略的連結、感受、相互聯繫。**我與瑜伽師塔欽和瑟琳娜的會面是其中一部分，是一個讓我在夢境中清楚回憶起前世的墊腳石。就好像通往對「真實」嶄新理解的大門已然敞開。

我將自己肆無忌憚地投入貓薄荷的懷抱裡。有好幾分鐘的時間，我在這株神祕香草目眩神迷的催動下翻滾、伸展、蜷縮、打顫。

似乎從我開始練習正念，我才發現有貓薄荷這種植物。是直到最近，自從我比較清醒，能覺察到自己的感官後，我才找到路並發現了這種非凡享受的源頭。是因為減少習慣性的愚蠢思考讓我變得比較開放，並打開了新的可能性嗎？貓薄荷就在這個時候出現在園子裡純粹只是巧合嗎？或是清明開放的心念會讓令人愉快的新機會自然浮現，根本無需費力？

在貓薄荷叢裡玩夠了，我開始盤算等一下要走回尊勝寺，這時我才轉身好好打量這座園子。然後，我注意到小屋的門又是開著的。裡頭沒人。

還有什麼會比這種邀約更令貓咪無法抗拒呢？

不一會兒，我便已身處在這小小木屋之中，嗅聞著四周辛辣的氣味。有些氣味是泥土味，這我馬上就能分辨，聞起來就像我看過隨意灑在園子裡矮樹叢周圍的那種覆蓋土。可是別種氣味……就好比那些裝在鬼氣森森的塑膠瓶裡的東西，便叫我害怕地直往後縮。各種園藝工具都固定在面向門口的木板上，每一種都整齊地安放在屬於自己的位置。各種麻布袋和容器都收藏在一把長凳下方。我懷著深切的好奇心勘查這些東西時，忽然聽到身後有腳步聲。有個人影突如其來地向我壓了過來。大驚之下，我急忙竄進兩個布袋之間的狹小縫隙，接著便看到正在進門的那個男人。

結果，此人是……

尊者……的司機。

倘若有人問我尊勝寺裡有哪個人是我很樂意永不再見的，那麼，說出達賴喇嘛司機的大名我可是一點困難也沒有啊。幸運的是，我不常遇見他。他的司機工作不常需要上樓來。要是真看見他了，通常也是從我窗台上的安全位置看著他給尊勝寺的公用汽車洗刷打蠟。想當年，我初來尊勝寺，偶然外出叼回一隻老鼠；體型粗壯、嗓音粗啞的司機就因此提議給我「貓煞洞」——「貓澤東」（毛澤東的諧音）這個名號。這個名號大大地娛樂了行政助理辦公室裡的每一個人……除了我以外。

「是妳！」他此時大叫道，認出了在兩大袋刨花木屑之間外突的灰色毛靴子和尾巴。

我顫抖起來，渾身上下都因恐懼而打著哆嗦。我準備好隨時在這小木屋裡，面對他盛怒之下的襲擊。

「來來，ＨＨＣ，快出來！」他用一種堅定的口吻命令著，但我注意到，他並無敵意。而且，他用的還是我的正式名號。

我稍稍扭動便發覺自己卡住了。因腎上腺素激增的爆發力作用，我的兩邊肩膀塞進了兩個木屑袋之間，現在再怎麼喬好像都沒辦法反其道而行。我的兩隻後爪也在平坦的水泥地上懸空。我束手無策，只能聽任一個總要嚇死我的人擺布了。

「妳看來是卡住了。」他一面說一面蹲下身來。接著，他把一個大布袋推到一邊去，立即舒緩了壓住我身體的重量。我急忙往另一邊扭動，倉皇地從他的兩腳靴子中間爬過，慌張地向外跑去。

他跟著我走出來，彎下身來撫摸我的頭。「不怕，不怕。」他低語的聲音令我安心。

我抬起頭來望著他，又是驚嚇，又是迷惑。

我想像之中的那個惡霸上哪兒去了？就是那個要追殺我的那個呀？就是隨隨便便給我起了那個我很討厭的名字的壞人啊？

他走回小木屋，繼續做之前的事。在屋內逮到我而懲罰我似乎不是他的計畫。事實上，他正哼著一首當紅的印度流行歌曲，聽起來他早已經不再想我的事情了。現在我才知道，以前我遠遠地看見卻從未認出的人就是他。我從來都沒有把這個園子——現在是我的園子——和司機聯想到一塊兒。他再次走出小木屋時，帶著園藝用的工作手套，手拿著小桶子和除草工具，我便瞭解我有時候會來上廁所的那塊土壤，就是他經常去翻動耙鬆的。他也會掃除落葉和小碎石，修剪草坪。

他走向其中一個花壇，然後雙手和膝蓋著地。我看著他小心地除去破土而出的雜草，並往泥土下方深掘以拔除整株植物的根等等。他做這些事時穩定、謹慎、有條不紊。有種平和的流動感吸引我走近他身旁。

他察覺到我，便往後一看，我就坐在不遠處。

「看到這些精心呵護的花朵，老人家們會感到快樂的。」他偏著頭看向養老院的方向，「而且，妳也跑來當志工喔，下肥料！那是園藝的重要部分。」

所以，他知道我不時來訪之事。

「希望妳喜歡貓薄荷。我是專門為妳種的呦。我知道妳在尊勝寺裡沒有自己的花園，我猜想你可能想要把這裡當作是自己的地方吧。」

我真不敢相信剛剛所聽到的這一切。是司機——在這麼多人當中——是司機種了那些貓薄荷。特別為了我?!我真不知道該怎麼想了。

他繼續沉默地工作一會兒，用雙手和膝蓋慢慢朝我靠近。

「**園藝，就像靜坐**。」他說。

我不明白他是否意指著他發現：做園藝有助於專注在當下。是沃土和松樹的氣味把他帶回到此時此地嗎？

然而，他接下來所說的話讓我大為吃驚。

「心念就像一座花園，」他告訴我，「是妳選擇要種出什麼的：雜草或鮮花？」

只簡單一句，他似乎抓住了尊者就在那天上午所講的精髓。**雜草或鮮花？正念給了我們去選擇的機會。**

司機又離我更近了一些；我也跟著靠近他。

然後，我才明白我完全誤會他這個人了。也許他看起來相貌平庸，但是他心地很好。也許他看起來粗野，但其實他的動作很溫柔。而且，他剛剛說的話所透露出的內在境界是我完全猜想不到的。

我彎下身，把右肩貼在草地上，然後全身完全倒下貼地。我伸出兩手兩腳，盡可能地伸展四肢，接著左右翻滾起來。

司機往下看著我，笑了起來。他伸出戴著手套的食指，輕輕地搔著我的下巴。

「我想妳也會喜歡我種向日葵的，貓澤東。」他說。

親愛的讀者，你知道嗎，這是我第一次一點都不介意他那樣叫我耶。

第八章

來訪嘉賓：紗若。

真相是自己去找出來的；也要容許別人自己去找出真相。以心觀心。

為什麼要那麼努力去瞭解心念影響身體呢？

阿尼拉專注地研究著她。「如果有什麼我可以幫忙的，一定要讓我知道，」她說：「同時，要守護自己的心。」

「我們唯一要做的就是放下所有阻礙自己內心平靜的騷動。要守住心念原初的本性。這非常有用——不只適用在正式的靜坐，當我們在處理困難的情境時也是很有用的。」

遇見司機後，我更常去花園那邊了。那裡有熱情款待我的貓薄荷，還有就是認識到——原來司機是個相當特別的人，這些事情都讓我覺得十分自在。這個花園不再是偶而才去的地方，它已然成為我的領地。

有一天下午，我在貓薄荷叢裡打滾結束，正要走下來，這時我忽然想到某件很久以前早就該想到的事。這同一條路上只要再往下走一點點，不就是瑟琳娜說過席德買了別墅的地方嗎？我這才領悟到原來我離那個最近令她不開心的裝修工地只有幾步之遙。

突然間我念頭一轉：「我該不該去試試找到這屋子呢？」

但這無異於問：「貓吃鮪魚嗎？」

或者，換個方式問：「達賴喇嘛是佛教徒嗎？」

於是，我的步履中彷彿加裝了彈簧似的，沿著大路邊跳邊走。雖然我並不確知要找的是什麼，但我覺得「可以自己找到瑟琳娜和席德的新家」這事非常有趣啊。

養老院再過去，有一排雜亂小店。然後，這路就變得比較郊區的感覺。車道變得曲曲折折，路兩旁的房子也離車道遠些，有些屋前設有圍籬，有些則大門洞開，路人都可以看見裡面。人行道上幾乎沒有行人。就在我探勘這塊我從未走到的極遠之地時，我感受到氣氛似乎也不一樣了。那感覺就是我已經脫離市區，正處於過渡到鄉村之前的那種街景。此時，我注意到這條路的名字叫做「塔拉月彎大道」。

道路兩旁的巨大松樹群竊竊私語。路邊的常綠植物枝繁葉茂，許許多多不知名的花朵散發出的異國香氣讓我的鼻頭興致勃勃地顫動起來。門牌號碼二十一號的入口處有個「派特爾工程」的標誌。我順著車道看過去，沒看到什麼別墅，只有一輛裝滿工地廢棄物的大型回收車。在形形色色的石膏板和水泥塊之中我瞧見了一個印有「喜馬拉雅．書．咖啡」標誌的硬紙杯。

也許是瑟琳娜來的時候扔的吧？

我小心翼翼走進去一探究竟。車道是用碎石子鋪成的，所以我走在車道邊上，沿著旁邊被壓扁的草皮前行。我環顧四周，但見此處雜草湮漫。草長得很高，矮樹叢也雜亂，所以根本看不出我正往何處去。接著，車道轉了彎，樹叢雜草都不見了，我發覺自己正盯著一幅最不尋常的景象。在我面前的是一棟氣派的大別墅，白牆的四周是寬廣的陽台，看起來是迷人的老式建築，能進去探險一定很棒。我馬上注意到這房子的一邊有座高聳的塔樓，上面有類似中古世紀歐洲城堡那種供放箭用的缺口。這塔樓有兩層樓高，牆上爬滿了常春藤。塔頂房間的四面都是大窗。我想像著從那裡的絕佳觀景平台，可以迎接旭日、目送夕陽、賞月觀星，或仰起頭，與屋後冰雪封頂的喜馬拉雅山喁喁私語……

我靜靜地感受這一切，良久。這棟別墅鑲嵌於一座完備的庭園之中，種植有高大的棕櫚樹，九重葛矮樹上多款飛瀑般的奼紫嫣紅盛放，屋後則有一排松樹。這番景致透露出種種田園之樂。雖說這屋子荒廢……顯然有一段時日了，但奇怪的是，風情依舊迷人。

我沿著車道繼續前行，跳上幾層砂岩石階來到露台。一層微細的水泥灰，還有不同的鞋印子讓我確認了這裡就是瑟琳娜和席德正在裝修的房子。入口處有幾把舊籐椅；我湊近一聞，馬上認出了瑟琳娜的香水味兒。

我開始想像他兩人在此地的生活，在這棟有景觀塔樓的別墅，離尊勝寺和我的私家花園也不遠。這一切美好得彷彿並不真實。這又是我和瑟琳娜之間深層的業報連結已然展現的另一例證。我還得去找出我和席德之間有何關聯，而我也不懷疑那想必也是有很深的因緣的——自從我們第一次相遇以來，我便一直深受他的吸引。

我懷著深切的好奇之心四處張望，不得不說那邊牆邊上一面半開的窗真是吸引我啊。窗子外開的角度恰恰足以讓我這樣一個嬌小——雖然有人說「胖乎乎」，但其實是「毛茸茸」啦——的身軀通過。我很快地走過去，跳上窗台邊，再以我一向笨拙的「砰」一聲躍進裡頭。

我發覺我所在之處是個很大的、有霉味的空房間。因為都沒有讓貓覺得有趣的東西，所以我便朝一個敞開的門口走去，我四爪的絲絨墊上面因此沾了層層舊屋灰塵。外面有一廊道，也是空曠荒涼，連接到屋後。我順著廊道，在幾個空房間到處遊走、在階梯之間上上下下、繞到角落處、上到夾層等等，都不知已過了多久時間。偶而，我會因為似乎頗有可看性而岔入別條走道。這棟別墅令我有種感受，彷彿自遠古以來它就存在——是我懷念已久的老家。**有朝一日裝修完工，它必會是一個處處充滿驚奇的迷宮。這是每一隻貓咪的夢想。**

我在其中一個房間發現有道法式拱門，門外有一小院。院子開闊向天，中間有一池塘——此時看來污濁。有魚嗎？我感到疑惑。我透過玻璃看著陰沉的綠色暗影，尋覓水面下的閃光。在另一個橢圓形大房間裡，我找到一台鋼琴，很類似法郎那台，但是這台有三隻腳，而且用很重的帆布覆蓋著。「這台一定是大鋼琴！」我下了結論，因為我想起和丹增一起欣賞英國ＢＢＣ轉播的皇家阿爾伯特音樂廳表演時，演奏家們所使用的那種鋼琴。

我走進另一個空房間後發生了一場不平凡的會面。本來我是先走到室內勘查火爐的，不知道能否從中聞出關於前任屋主的一些線索。突然間，我聽見身後一陣窸窣聲，轉身一看原來有個身穿白色洋裝的女孩站在過道上。我從來不曾見過如此標緻的人兒。但她是真人嗎？彷彿我看到的是幽靈一般——雖說是極討人喜歡的那一種。她的出現令我有強烈的熟悉感，但卻又如此虛幻，以致於我都不知道該怎麼理解才好。她的棕色眼眸晶亮，小小的獅子鼻秀氣靈巧，深色頭髮及肩，她似乎集所有美貌於一身。

親愛的讀者，我並不特別喜愛孩童。因為我剛出生不久便在德里被一個街頭流浪兒摔落，導致後腿歪斜，行走不穩。所以人們如果沒將我抱好，我歪斜的後腿可是會疼痛難當的——因此，通常我看到小孩的第一個反應就是躲得遠遠的。

然而，此時此刻我的感覺卻有所不同。我站定盯著她瞧——她也盯著我瞧——非常之久。那是一種最為奇特的感受，而且我知道她也有一樣的感覺。那是一種相認時非常明顯的悸動。

然後，她向我跑過來。這次我沒有倉皇逃走，而是熱切地等候她的到來。她快跑到我身邊時，瑟琳娜出現在她身後的門口。

「慢點兒，紗若，要不她會溜掉。」

紗若將我一把擁入懷中，讓我像個人類的小嬰兒般，肚腹朝上。這是我通常都會急著擺脫的那種姿勢——但此次不然。因為她低頭看著我。因為她彎下身來親吻我的額頭。

她羞怯地抬起頭望向關注著她的瑟琳娜，以及這時已走過來的席德。她明白他們很關心這件非比尋常的事情。

「妳認識她？」紗若問。

「她叫做仁波切。ＨＨＣ。我和妳提過她的事。」

「對哦。」

「我從來沒見過她跑上這裡來。真不知道她是怎麼進來的。」

「也許她知道妳會帶我來看房子。」紗若邊說著，邊將我小心翼翼地安放在地面上。

「也許吧。」

席德走進來，打開裡面的門，向外看去是一個露台，「到目前為止，還喜歡嗎？」

他問女兒。

「嗯，很喜歡！」她的快樂似乎是從內在迸發而出的。她回這話時，並沒有環顧四周，而是盯著我瞧。

「仁波切可不是隨這房子附贈的喔，妳知道的。」席德笑著說。

「你一定要讓達賴喇嘛把她送給我哦。」

這兩個大人輕笑出聲，隨即踏上露台。紗若見我要跟著，這才也隨他們上了露台。

「好希望可以上塔樓哦。」我們四個都在外頭的藤椅上坐著，我坐在紗若的膝蓋上時，她這麼說。

「現在不安全，要等到樓梯修好才可以，」席德說：「下次來的時候應該就可以了。」

紗若邊撫著我，邊問：「下次是什麼時候呀？」

「不會是學期中的假期，因為我們要去果阿度假，」席德解釋道：「然後下一次放假，妳要先去陪瓦齊爾外婆兩星期……」

我感覺到紗若全身緊繃起來。

「我們何不好好享受在這裡的時間呢？」瑟琳娜提議。她解開帶來的小保冷袋，

「有誰要吃冰淇淋？」

這一次，紗若因為緊張而侷促不安，「不了，謝謝。」

「紗若？」席德的驚訝中帶著關切之情，「妳不是很喜歡……」

「我知道。只是……」她俯身靠向我，頭髮像道布簾般垂下，遮住我們的臉。她凝視著我的眼睛。

瑟琳娜和席德撕開甜筒的包裝紙，慢慢啃了起來。他倆討論著這屋子要做的幾項整修。很明顯，承包商不久也會來到此地開現場會議。

「爸爸，你會保守祕密嗎？」紗若突然間筆直坐正，插嘴中斷他們的談話。

席德望向她，「這問題很有趣，」他答道，忖度這問題時，他的額頭擠出皺紋來。席德覺得狐疑，卻沒有顯露出讓他感到驚疑的是這問題問得突兀，還是紗若認真的口氣。

「我想，在某些情況下，妳不需要保密，」他深思熟慮後說道：「譬如說是受人脅迫的。此外，如果保密會比不保密帶來更大的傷害，當然也就不必保密了。」

「什麼是『脅迫』？」

「就是有人一定要妳怎樣。好比有人說：妳一定要保密，否則的話……」

「否則，你會讓我不開心呦。」紗若替他把話說完。

「情感勒索。」瑟琳娜確認道。

紗若嚴肅地點著頭，再度彎下身來撫摸著我。她這樣做時，瑟琳娜和席德意味深長地互看了一眼。

不久，南戴．派特爾到了，他滿載著建築工具的小卡車車身有著泥漿濺過的痕跡。他是個矮壯結實的男人，穿著連身褲套裝，白色馬球衫。這位白手起家的老闆昂首闊步走近這房子，一看便知他忠心耿耿、會忠於扶持他事業成功的貴人。

「謝謝你今天來這裡與我們開會，」席德說這話時，派特爾先生已在籐椅上坐下，大家也寒暄完了，「關於你上星期告訴瑟琳娜說，完工日期要再往後推遲六個月這件事，我有幾個問題想要請教。」

派特爾先生很明顯知道會被問到，便洋洋灑灑說出一長串需要進口的廚房器具，要拿到每一個單品所需的複雜流程，還提到像他這類的中游建築廠商所面對的挑戰，然後還稍稍旁及印度的總體經濟與趨向貶值的印度盧比。

等他全說完了，席德才向他確認道：「所以說，推遲完工日期真的是因為這些物品取得困難？」

「你必須理解——我們合作的代理商現在都忙翻了。這可不只是走進一家商店，買買庫存的商品而已啊。」

「那好，」席德在他繼續講下去之前便發了話，「所以，就只是物品的問題嗎？」

派特爾先生猛力點著頭。

「幸運得很，我有一家公司就是在做進口生意的，」席德告訴他：「我問過我們經理剛剛你說的這些問題。」席德從檔案夾裡取出一張紙，上頭有幾項物品都被打了勾。

「我們找到了另外一家供應商，他們可以在兩個星期之內給我們這些物品。」

派特爾先生伸出手接過這份清單。

「好消息？是不是？」席德問。

派特爾先生盯著清單，然後極度不情願地回答：「這樣一來……我們已經下的訂單會發生取消的手續費用。」

「我確定不會有這種費用。」席德平和地反駁他。

「但我們不可以說取消就取消，」他來勢洶洶，「先生，像你這樣有身分地位的人。像我們派特爾工程這樣有名聲的公司……」

「為什麼要牽扯名聲進來？」

「我們不可以和供應商玩這種反覆無常的遊戲……」

「你當真要我們等六個月的時間，只是為了不讓一家德里的進口商失望？」

「先生，那只是其中一部分原因而已。」派特爾先生的眼睛骨碌碌地來回轉著。

「……意思是？」

「這件事遠比我們表面上看到的要複雜得多。」

「好吧……」席德還是很鎮定，「有什麼我沒有注意到的？」

派特爾先生在椅子上顯得坐立難安，「我還得派遣我的外包商去別的地方。」

「不能重新派嗎？」

「你這樣會讓我的處境非常困難！」派特爾先生的聲音大了起來。

「我讓你……」席德冷冷答道：「幾個月之前我就應該搬進來住了。除了一再推遲和一堆藉口之外，就沒別的了。坦白說，我真是受夠了。」

「先生，要和代理商打交道並不容易啊。他們德里那些人……」

「我公司的經理也打過電話給你的代理商了。」

派特爾先生一臉震驚。

「他問的是關於你宣稱得費時幾個月才能進來的那些物品。如果我告訴你……」——

席德的語調轉慢，一字一句說得清清楚楚——「你的代理商說他們兩個星期之內就可以將這些物品準備齊全，那你又要怎麼說呢？」

「一定是誤會啦。」派特爾先生堅稱。

大家沉默下來，很長一段時間之後席德才說：「派特爾先生，我唯一不懂的是你為什麼要這樣做。」

「我做了什麼？」他努力要堅持下去，但從說話的聲音聽得出來他也自知站不住腳了。

「我已經請律師團看過我們的施工合約了。他們告訴我如果告你詐欺，我會有很高的勝算。違約、不公平行為、違反好幾項建築法規……」

派特爾先生身體往前傾，把臉埋進兩手手掌，手肘支在膝蓋上，重重地吐著氣。

「我猜是有人逼你做的。你被人收買了……」

「我沒有被收買！」

「那麼，是有其他原因囉？」

「……是被威脅……」

「嗯……」

「他們若不給我生意做，我就完了。」

「如果你告訴我他們是誰的話，也許不會完了。」

派特爾先生抬起頭，滿臉的詫異之色。

這時，盯著他看的可不只是席德而已。瑟琳娜、紗若，還有我都目不轉睛地盯著他。

「如果你可以在這個月月底之前完工的話，」席德告訴他說：「你就可以繼續做我們這件工程。但是你要先告訴我威脅你的人是誰。」

派特爾先生終於吐實了，但他吐出的不是話，是氣音。而且，他又把頭埋進兩手手掌裡，所以幾乎聽不見他所說的話。但即便如此，那幾個氣音仍然足以辨識出那個姓氏……

他吁出一口氣：「……瓦……齊……爾……」

席德或瑟琳娜，他二人無論是誰都因為這個真相的揭露而大為吃驚，但他們都沒有顯露出來。可是，紗若卻心慌意亂起來。本來抱著我的身軀也不安地扭動著。她接著跑向她的父親，兩手圍住了他的頸項。

「爸爸，這是為什麼？」她大哭起來，「為什麼外婆這麼可怕？」

「我的小寶貝，沒事沒事，」他一邊說著，一邊把她抱得更緊些，「沒有造成什麼大問題啊。」然而，他這樣說時，便接觸到瑟琳娜的視線。他們倆臉上的表情似乎是形成了某種共識，以及堅定的決心。

過了幾分鐘，派特爾先生便走回他的卡車；他步履蹣跚，似乎心存愧疚，與先前來時的虛張聲勢大有不同。紗若仍然黏著爸爸，瑟琳娜則是望向庭園，她穩定沉著，不像內心最黑暗恐怖的疑慮剛剛才被證實的人會表現的那樣。她的眼中流露出的是沉靜默想的神色。我知道她的冷靜是經過訓練才培養出來的——是幾個禮拜之前，她從一位來「喜馬拉雅·書·咖啡」的客人那裡學到的。

瓦齊爾夫人就是向縣政府舉發我出現在「喜馬拉雅．書．咖啡」的人，這個真相揭露後已經讓瑟琳娜驚呆了。那天下午輪到她在咖啡館值班，在衛生檢驗科督導的突襲下，幸好有處變不驚的庫沙里出面，本咖啡館才得以全身而退。雖然瑟琳娜平時遇事還算冷靜，但是當她發現自己已經成為瓦齊爾夫人的攻擊目標後，她還是非常震驚。

後來瑟琳娜就坐在後方、靠近廚房的座位，陷入沉思——那個座位也最靠近我目前占據的雜誌架頂層，而恰巧——不常來書店區的「阿妮卓瑪」剛好也來了。雖然用的是藏人的名字，但是阿妮卓瑪是位英國女士，她在二十出頭的時候便來到喜馬拉雅山，後來決定在這裡長住。她著名的事蹟包括有超過十年的時間在雪線以上的一個洞穴中靜坐。而近年來，阿尼拉——親近她的人都這樣叫她——在離達蘭薩拉不遠的地方建了一座尼庵，讓喜馬拉雅山區這些年輕女性能有像男子一樣的機會修行。**她的名字「阿妮」在藏語中的意思就是「尼師」。雖然她頂著光頭，在紅袍裡的身形有如鳥般瘦弱纖細，但是阿尼拉是一股不可忽視的力量。她精神十足，活力旺盛，清澈的眼眸總是能穿透一切事物的正中心。阿尼拉的存在也是最為慈悲的示現。**

「妳可愛的媽媽最近好嗎？」她走近瑟琳娜時開口問道。瑟琳娜趕忙起身，兩人便給了彼此一個溫暖的擁抱。「我聽說她住院了。」

「現在好很多了，謝謝妳，」瑟琳娜告訴她。春喜太太和阿尼拉是舊識了，「她現在服用治療高血壓的 β 受體阻滯藥品，甚至還開始規律練習靜坐了呢。」

「好棒啊！」阿尼拉的眼睛亮了起來，「我一點也不懷疑她會得到好處的。」

「已經得到好處了。」

「那妳呢？親愛的？」

「噢，嗯，還好啦，」她說時望向地板，「可是我剛剛才得知一件不開心的事。」

瑟琳娜知道在阿尼拉面前假裝什麼都是沒有用的。

阿尼拉專注地研究著她。「如果有什麼我可以幫忙的，一定要讓我知道，」她說：

「**同時，要守護自己的心。**」

阿尼拉說這話時，我心中便響起瑜伽師塔欽幾天前才告訴瑟琳娜的話，他說在有麻煩的時候，她應該做**「以心觀心」**的靜坐練習。

很明顯瑟琳娜也突然想起同一件事，因為她回答說：「事實上，我很感謝妳呢，因為有人也給了我一樣的建議。」

阿妮卓瑪揚起了兩道眉毛。

「以心觀心的靜坐法。我已經好幾年沒有練習了。妳可不可以幫我複習一下是怎麼做的呢？」

「可以、可以。」阿尼拉看了後排座位一眼，然後做了個手勢，「我們坐下嗎？」

我已經知道這個靜坐法的要點，因為達賴喇嘛講過，我也在旺波格西每星期的課堂上聽過。但是我慢慢理解到每一個老師都有不同的講解方式，也有各自的洞見，所以即使是我最熟悉的練習也可以有不同角度的呈現。阿妮卓瑪有那麼多年的時間做與世隔離的靜坐，我很好奇她會怎麼說。看來我在這頂層雜誌架上出現還真是來對了，這樣便可從她廣深的智慧中得益。

「開始時先做呼吸，讓心念平穩下來，」她們在餐桌的兩邊分頭坐下，瑟琳娜點了一壺茶之後，阿尼拉才開始說。

「呼吸作為冥想的對象，是個粗鈍的對象——很容易找到。一旦妳的心念已經平靜到某種程度，大概是五至十分鐘左右，就把冥想對象改為心念本身。」

「問題是，我一嘗試要找出心念，便會有一大堆想法出現……」

我也是耶；我附議！這是個大問題！

「當然啦。這很正常，」阿妮卓瑪邊說邊點頭。她坐時稍稍前傾，眼睛亮了起來，

「但是不同於其它冥想法的是，種種升起的念頭不會被視為分心。」

「不是嗎？」瑟琳娜因為驚奇，皺起了額頭。

「念頭從心念中升起，就像波濤自大海中升起。它們的性質相同。如果我們坐在大海之上的一張椅子看著海浪形成、升起成為浪峰，然後打向岸邊，最後再退回海中，我們便知道波濤也只是海水。波濤只有極短的時刻被視為不同於大海，但它永遠是大海的一部分。所以，我們的念頭也是一樣的。重要的是……」——她稍作停頓以示強調——「**不要忙著和念頭打交道，儘管我們通常都會這麼做。我們的職責只是單純地把念頭當作念頭那樣去觀察它。**」

瑟琳娜一字不漏地聽講。

「為了能這樣做，**當念頭升起時，我們要練習『承認、接受、放下』**。」

「如果有更多更多的念頭不停地冒出來，那怎麼辦？」

阿妮卓瑪微笑，「做法都是一樣的。承認。接受。放下。妳知道嗎，我們常常會擁抱念頭。心中一有念頭升起，就會跟著念頭而去。不管是什麼念頭，也不管這念頭曾經傷害我們多深，我們就是會陷在念頭之中。」

瑟琳娜噘起嘴唇，「這我可以理解，」她說：「我知道我有一些只會讓自己更加不開心的想法。可我就是會一再地那樣想。」

阿妮卓瑪伸出手觸碰瑟琳娜的手。「**要練習『以心觀心』還有更多理由。它幫助我們把念頭放在恰當的位置。**念頭就只是個念頭。它是一個短暫的概念，不是事實，也不是真理。妳曾經有過的念頭也都一去不復返了；現在都不存在了，不是嗎？」

瑟琳娜笑著搖搖頭，「但是我們陷在自己的念頭裡很深，讓我們如此難過。」

「『陷』這個字說得好，」阿妮卓瑪同意道：「**有這麼多的不快樂都是因為自己想要永久留存。**」

我不禁想到我自己經常就是這種情況的受害者，沉湎於那些讓自己很不開心的念頭之中。」

那時，有位服務生推著手推車到來。他倒出兩杯英國早餐茶，並在她二人面前的餐桌上留下一盤義大利脆餅乾。

「『以心觀心』似乎是打破負面循環的好辦法。」服務生走開後，瑟琳娜說。

阿妮卓瑪啜著茶並思忖著這句話，「靜坐已被證實有助於治療復發性憂鬱症。神經科學家都說大腦中我們感覺到不快樂的地方──『腦島』──與大腦的執行功能之間有神經相連接，這會讓我們去尋求理由。**不快樂的想法帶來不快樂的感覺；接著，**

我們會問自己為什麼感覺好糟糕，而這又會刺激產生更多不快樂的解釋、信念、態度……」

「惡性循環。」

「沒錯。**靜坐可以打破這種循環**。的確，我們有可能在一開始被種種念頭壓倒。但是，**當我們練習不要隨念頭起舞，奇怪的是，念頭就會愈來愈少。漸漸地，便不再生出念頭。**」

「那我們還剩下什麼？」

阿妮卓瑪燦然一笑，「心念本體！」

瑟琳娜卻用一臉的可憐兮兮回應阿妮卓瑪的熱情，「我的心念常常無法安靜下來，但有那麼一兩次，我所感受到的……就好像……就好像什麼都沒有了。」

「就保持那樣！」阿妮卓瑪伸出手，再次捏了她的手一下，「**就和那個『什麼都沒有』在一起，然後看看會怎樣。**」

「妳是說接下來還會有變化？」

「是這個狀態的『經驗』會不一樣。我很肯定。妳不會以為我在山洞中獨居好幾年只是一種考驗耐力的壯舉吧？或者是受虐狂的練習？」她笑道。

我長久以來一直很納悶，為什麼阿妮卓瑪，還有像她一樣的人會傾向於獨自隱居起來。那些來尊者辦公室的瑜伽師看起來並不是冷酷麻木那種類型。這類人物常常都帶有一種能量，也總是率真坦誠得令人訝異。我很有興趣從阿妮卓瑪身上直接瞭解這是怎麼一回事。

「開始的時候，妳的心念好像只不過是一動也不動的空白，只是念頭的背景舞台。但是，妳能夠與心念同在久一點之後，就能開始體會到心念的特質。心念是如何擁有清澈、光亮的本質。我們又是如何愈來愈感受到寧靜感、安適感。**我們剛開始的時候也許想說靜坐是一種認知性的練習，但是我們慢慢會發現靜坐是一種感受，一種存在的狀態。**我們最初的意識沒有邊界，其自然狀態就是光輝璀璨、永恆喜樂。當我們有所體驗，便不再以為我們只是這樣的存在而已。」——她指向自己的身體——「我們會瞭解真正的本性是完全不同的。」

瑟琳娜把阿妮卓瑪這番話思索良久，「非常感謝妳，」她最後說：「真的很榮幸有機會可以和像妳這樣有豐富靜坐經驗的人談一談。」

「瑟琳娜，別客氣，我也要謝謝妳，」阿妮卓瑪答道：「希望妳會堅持練習靜坐。」

瑟琳娜點著頭時，她又說：「**我們唯一要做的就是放下所有阻礙自己內心平靜的騷動。**

要守住心念原初的本性。這非常有用——不只適用在正式的靜坐，當我們在處理困難的情境時也是很有用的。」

此刻，我們從露台上聽到派特爾先生發動卡車的聲音。幾秒鐘之後，卡車緩慢地駛上車道，朝大門而去。我觀察著瑟琳娜，她向下看著丟棄的甜筒包裝紙，她的呼吸均勻，她的樣態放鬆。我很肯定她一定是遵照著阿妮卓瑪的教誨，放下了從派特爾先生吐露出實情後而生出的種種想法。

過了一會兒她說：「紗若想要看下面草坪的噴泉。也許你該帶她去看看，否則天色會太晚了。」

席德站起身來，牽起女兒的手，並且向瑟琳娜投來感激的神色。我瞭解她這麼建議的原因是想讓席德與紗若可以共處，他們需要時間談談剛才所發生的事。

身為一隻貓，我當然也想跟去。

紗若倚著父親，走出房子，上了草坪。我在他們身後不遠處，看著席德將她摟近身旁，要她安心。

「我的小寶貝，怎麼啦？」席德見她不發一語便問道。

「外婆……」

他過了好一會兒才說：「小寶貝，妳要知道，外婆和我之間的事是很久以前的了。這些事和妳並沒有關係。」

他們繼續走著。最後她又說：「我聽說她也找過瑟琳娜的麻煩。還有小仁波切。」

「妳是怎麼知道的？」

「我聽咖啡館的某個服務生說的。他不知道我在聽。為什麼外婆會這麼討厭瑟琳娜？」

「她沒有和瑟琳娜談過話，也不認識她，所以，不該恨她才對啊。不可以針對她個人啊。」

「外婆對我一直都很好。但我就是不懂為什麼她對你和瑟琳娜都那麼不好。對仁波切也是。」

席德抱著她兩邊肩膀，「喔，我想我們可以照顧好自己。但是，妳和外婆之間的關係完全是另外的一件事。」

「但那就是問題啊，」紗若擺脫他的掌握，「我覺得不是這樣的。」

「為什麼不是呢？」席德往下望著她。她看起來很難受。

「她威脅承包商造假拖延，這樣你們就不能搬進來住。我覺得這樣一來，你就會同意讓我下次放假去和她一起過幾天。」

原本他們是走向噴泉的，但此時席德轉而向這莊園側邊的冷杉樹群走去，「她有這樣說過嗎？」

「沒有，」紗若搖搖頭，「但是我想和那個祕密有關。」

「原來……」席德停住了，「這就是妳會問我『保密』的原因嗎？」

紗若用兩手遮住臉龐，淚水順著指縫緩緩流下來。

席德再一次環抱住她，把她抱得緊緊的。

「妳是我的小寶貝，我是妳爸爸。妳年紀還太小，不能有不讓我知道的祕密啊。大祕密是不可以的。但像是買生日禮物這種小祕密是沒關係的。可是，如果祕密是與妳有關的重要事項，我還是得對妳負責啊。」

紗若小小的身體靠著他的胸口，因不斷抽咽而抖動著。席德疼惜地拍拍她，想要讓她平靜下來。

終於，她強自鎮定下來，「奶奶說，不准我吃蛋糕還有冰淇淋，因為我需要減肥。」

「真不知道她怎麼會那樣想！」

「那時候她帶我去試衣服，他們都說我可以再瘦個幾公斤。」

「試衣服？」

「因為她要我以最好最美的狀態去見古利．潘尼薩爾。」

席德全身僵住了一下。接著，他把她臉上的髮絲往後撥好。

「你認識他嗎？」她問。

「是大吉嶺的潘尼薩爾家族嗎？」

她點點頭。

「如果是，那麼我是聽說過這個家族的。他們是印度境內最有勢力，也最有影響力的『剎帝利』（戰士）階層。我猜，外婆應該對妳說過『古利』是全世界最棒的男生，也會是妳最好的丈夫人選，對吧？」

「那就是祕密啊！你是怎麼猜到的？」

「因為奶奶以前也曾經為了要提升家族聲望，逼迫妳的媽媽接受一樁安排好的婚事。不過，媽咪她為了愛選擇嫁給了我。」

「可是，外婆不會逼我去嫁給誰的，對吧？」紗若抬起頭看著他問道。她有生以來第一次，慢慢開始瞭解到外婆對自己的密謀算計。

席德握住了她的雙手，用一種毫不屈服的護衛神情望著愛女，「不會的，她不會。」他說。

那天黃昏夕陽西下的時候，我坐在窗台上俯瞰著尊勝寺前院。尊者在書桌前忙著回信時，我則盤算著前往「塔拉月彎大道二十一號」這項重要行程。上次探訪這幢結構有趣、設有塔樓的可愛房子時，我玩得很愉快，也強烈感覺到這裡將會是我生命中很重要的一部分。還有，就是與紗若相會時，那份我倆即時感受到的相互吸引！更重要的是，我想到我親愛的朋友瑟琳娜，以及連番揭露出來的真相不僅讓瓦齊爾夫人的詭計露了餡，也預示了她最後不會稱心如意的。

我回想起席德和紗若從花園裡進屋後，紗若有多開心地從瑟琳娜手裡接過冰淇淋，然後邊享用邊在屋裡到處閒晃。與此同時，席德和瑟琳娜則小聲討論著。席德談及瓦齊爾夫人的所作所為時眼中的冰冷憤怒是我從來不曾見過的。席德堅決地說這件事已經到頭了。他不會讓自己的女兒任人擺布，他也不會繼續被當做是受氣包的。

瑟琳娜走過來擁抱他。他緊緊地回抱她時，她臉上浮現出鬆了一口氣的神情。倒沒有像連續劇裡表現的那樣誇張，比較像是她在當時的所見、所聞、所感受的一切，她都能夠輕輕放下了。阿妮卓瑪的忠告好像也更深化了那份領悟——**念頭就只是念頭，不是真理，也不是要讓人深陷其中的東西。**

達賴喇嘛的房門上輕輕傳來敲門聲。尊者在書桌前抬頭向上望，我從窗台上也做了一樣的動作，我們看見奧力佛站在房門口，「尊者，您想要看這本書嗎？」他拿進來的是最近才出版的一本談量子物理學的書。

「非常好，謝謝你。」尊者微笑著，從他手上接下這本書。他研究著封面。

「你讀過了？」

「只讀了幾個章節。」

「有用嗎？」

「有些很有趣的見解。」奧力佛猶豫了一下子然後才說：「我特別感到震驚的是，書中引用埃爾溫・薛丁格（Erwin Schrodinger）的話說『**每一個人的世界圖像是——而且永遠都是——用他自己的心念所構築出來的，而且無法證明此圖像還有其它形式的存在。**』他好像是在說如果我們改變自己對事物的態度，也就會改變事物本身。」

達賴喇嘛思考著這些話，臉上的表情很真摯，然後他從書桌前站起身來，走到窗台邊，在我身旁坐了下來。

「這句話說得不錯，」他說：「但是我想我比較喜歡佛陀本人說的那句：『**客觀世界由心念而生。**』」

奧力佛揚起兩道眉毛，「同一的概念，表達得更為簡潔。」

尊者輕輕笑著，伸出手來撫摸著我。「而且更為正確，」他說：「佛陀的版本包含了一切有情眾生的心念——不僅僅是人類而已。」

「喔，我明白您說的是什麼了。」奧力佛微笑著。

「但願小雪獅的心念所構築出來的世界還有一切眾生，都非常快樂。」達賴喇嘛輕柔說道，彷彿在祈禱一般。

朝門口走去的奧力佛停了下來，「您今天想要看這本書有什麼特別的原因嗎？」

「喔，有啊，」達賴喇嘛點點頭：「我正在研究最近送來的『伏藏』。我愈研究，就愈發現它與量子科學有很多相似之處。我想這份『伏藏』將被證明是近代最為重大的發現之一……」

第九章

來訪嘉賓：達賴喇嘛。

大道至簡。留餘地給他者自行領悟、行動。

受苦會帶來成長。難道不是這樣嗎？

奧立佛說：「『靜坐』和『醫藥』這兩字源自於同一個拉丁文字根，medeor，原意就是『療癒』或『使……完整』……我們的每一個念頭裡都帶著能量，能夠演繹成一個物質結果。」

春喜太太說：「所以，我現在要回歸『簡單就好』。這不是我個人想要怎樣，要做有名氣的大廚師……應該是要為了您的貴賓而準備的。為他們準備簡單、美味的飯菜。」

那是個燦爛的喜馬拉雅山區上午，天空是完美的蔚藍，從冰封的山頂吹下來的空氣清爽宜人，好像還冒著晶亮的氣泡似的。我斜臥於檔案櫃上方，監督著埋首於文書工作的丹增和奧力佛。

「好了，寫完色拉、甘丹、哲蚌寺的回覆信了，」丹增一邊把一大疊他剛剛才檢查完的列印資料推到一旁，一邊宣布說：「我要呼籲來開個小小的慶祝會！」

奧力佛坐在他對面，以前邱俠的座位上，「我知道你可能會覺得我在唱反調，但是我真的好喜歡做這個。對我來說，是蠻不一樣的經驗。」

「你是說，做這件事情本身就已經是慶祝活動了？」丹增猜測道。

「噢，」奧力佛眼中閃閃發光，「倒也不是那樣。」

兩個星期前，達賴喇嘛曾邀請這兩位到他的辦公室。

「大家都說沒有誰是不可或缺的，但是我們還是找不到有誰可以取代邱俠。」尊者說。

「一直都很困難。」丹增同意道，看起來有些不好意思。他一直主導召募尊者在寺院事務方面的行政助理一事，但是直到目前仍未能找到這樣一個罕見的人才——這個敏感的角色需要結合組織知識、人際關係技巧、不多話卻有權威等等能力。

「我知道你一直在幫忙做很多他的工作，」達賴喇嘛語氣中充滿感謝，「但是意見調查快送來了，你會需要很多人幫忙才能做完。」

丹增點點頭。在印度和喜馬拉雅山區，每間佛寺的僧團每兩年都會舉辦一次意見調查。所有結果會送到尊勝寺來加以總計分析。以前邱俠總要集中心神，並且花上好幾個星期的時間才能完成這件大事。

「奧力佛，你願意幫這個忙嗎？」尊者轉向他的翻譯官：「這份工作不需要你的語言技能，但也許你會發現還挺有趣的。」

「無論你希望我在哪一方面幫忙，我都很樂意，」奧力佛同意道：「如果你想要我把那篇宗喀巴的注釋，交給拉達克來的那位前途看好的年輕比丘，那也是可以的。」

奧力佛最近幾個月一直在培訓一個有語言天份的年輕比丘作為助理。

「你會指導他做？」尊者確認道。

「會。」

達賴喇嘛用平穩的表情輪流看著他倆，「這樣一起工作，你們兩人會開心嗎？」

丹增和奧力佛點著頭的時候，彼此交換了一個充滿期待的逗趣表情。

自從奧力佛擔任翻譯官一職，這幾個月以來，他們花在彼此辦公室裡的時間就愈來愈多。不僅如此，工作之餘，他們還一起外出過好幾次。「喜馬拉雅．書．咖啡」的音樂晚會是其中一次。另外還有一次，他們結伴去當地球場看一場板球賽。上上個週末兩人還一起跑到德里去看歌劇表演——吉爾伯特和蘇利文的《密卡多》（Gilbert and Sullivan's The Mikado）。

奧力佛接受這項新任務的幾天後，他便坐在之前邱俠坐的位置上。他鑽研那些表格，把書面的數字輸入到電腦檔案裡，交叉比對以求正確無誤，還把這些數字與前年的資料做了比較。

「如果可以把這些步驟自動化，就可以省下大量的時間，也可以減少人為疏失——我的意思是——呃，『我的疏失』。」奧力佛第二天來做事時，邊說著邊從辦公桌把椅子往後推。

丹增坐在他對面，從眼鏡的上緣盯著他瞧，「邱俠以前也說過一模一樣的話。但是要所有的寺院都使用相同的軟體，這一點根本就辦不到。」

「傳統的習慣問題？」

「沒錯。」

「你不覺得若是上面要求的話，就可以讓事情稍有突破嗎？」奧力佛問道，他稍微把頭偏向尊者的辦公室那個方向。

「還要配合很多很多的策略手段才可以。我們已經仰仗那些住持很多，人家才願意把這些數字送過來。若還要求用我們選的格式的話……」

「嗯，要說有誰可以擔當這項任務的話，」奧力佛說：「那一定是你囉。」

「嗯……」丹增回到面前的表格堆裡後，若有所思。

奧力佛和丹增正看著那堆丹增才剛剛檢查完畢的意見表格時，丹增突然改變了身體姿勢。他轉身面向靠近檔案櫃的那扇敞開的窗戶，頭部稍微抬高。他閉上雙眼、眉頭微鎖，一副專心的模樣。

就在同一時刻，我也嗅聞到那氣味。我昂起頭，鼻翼也抽動起來。不容置疑啊。這氣味絕對錯不了。

我們互看了一眼。

「是春喜太太？」丹增問。

奧力佛看了電腦上的行事曆。「今天有俄國人來吃午餐……」

丹增把椅子往後一推，站起身來，朝門口走去，「這是她心臟病發請假後第一次上場。」他說。

我從檔案櫃上一躍而下，邁著我有些不穩的腳步盡可能地跟上他。

「你怎麼會知道她來了呢？」奧力佛想要知道。

「因為我聞到了她遠近馳名的巧克力碎片餅乾味道啊，」丹增說：「我得去瞧瞧。」

接著，要踏上走廊時他又說：「如果現場有烤好的，我會帶幾片回來喔。」

「哇，果真有小小慶祝會！」奧力佛提醒道。

「Elevenses！」丹增興奮大喊，他用的字眼是「午前茶點」的正宗英式說法。

奧力佛咯咯笑了起來。

不一會兒，我便隨丹增走進樓下廚房。果然，春喜太太就站在廚房中間，而且讓我大為吃驚的是，瑟琳娜也在一旁的流理台切著蔬菜。

「春喜太太！」丹增伸長了手問候她。即使丹增真心而親切，但是對外交禮節的講究形式已在他體內根深蒂固，所以不管做什麼，總有那麼一點形式上的味道。

「我親愛的丹增！」春喜太太說，她沒去搭理他伸出來的手，而是直接親吻他的兩頰。

「我是第一個歡迎妳回來的噢！妳不在的時候，瑟琳娜一直慷慨地幫忙我們。但是，我們一直都好想妳啊。」

在那一剎那，春喜太太瞄到櫃子後面我微微露出的一點點灰色毛毛靴。「噢，我的小甜心！妳也是來歡迎我的嗎？」這幾句話，她是用唱的唱出來的。

我走過去，磨蹭著她的雙腳，同時感激地呼嚕嚕叫。

「看到了吧？」丹增說，彷彿我的出現確認了他剛剛所說的一般，「大家都好想妳噢——而且，不只是人類而已喔。」

一瞬間春喜太太已經將我抱到檯面上，熱情地撫摸我，不斷提醒我為什麼我是她的小寶貝兒。好幾個星期以來，第一次與她這樣面對面，我看得出來她的改變。不只是她的睫毛膏沒塗得那麼厚，也不只是她只有戴一支黃金手環而非一整串的手環打擊樂團。是她的樣態變了！她仍然一如往昔，溫暖、投入，但是現在她還有一種「定靜」。她的注視中有一股平和感，那是我以前從未見過的。

「瑟琳娜，我也很高興看到妳在這兒。」丹增問候著她。

「好像以前小時候喔。」

「她是個好孩子。」春喜太太說。

「我說要幫忙的時候，」瑟琳娜說：「我也想不到媽媽會說好。她以前很固執的。」

「我變了嘛。」春喜太太聳聳肩，「我女兒是歐洲最好的主廚之一耶，我為什麼非得給自己找麻煩呢？」

「噢，拜託！」瑟琳娜做了一個鬼臉。

「完全正確。」丹增表示同意。

「**我領悟到根本不需要證明自己有多厲害**。」春喜太太繼續說道。

「春喜太太，很久以前妳就已經證明了。」丹增向她保證時，還瞄了烤箱的方向一眼。裡面正烤著的餅乾閃耀著飽滿的金黃色。

「丹增，你想要拿一盤餅乾去樓上嗎？」瑟琳娜注意到丹增的視線便微笑問道。

「如果有多……」
瑟琳娜已經去打開烤箱門，並拉出一整盤烤得恰恰好的餅乾。
「咬下去的時候要小心喔，」她用鍋鏟把餅乾盛進盤子裡時提醒道：「裡面的巧克力還很燙呢。」

這便是丹增、奧力佛和我，幾分鐘後在陽台上享用現烤餅乾的慶祝茶會的由來。在行政助理辦公室和尊者辦公室之間有個貴賓室，是訪客被帶進去面見尊者之前可以稍坐的地方。貴賓室外頭有個陽台，很少使用到。達賴喇嘛整個上午都會在尊勝寺那邊，所以，在這個無人使用的陽台上遠眺附近的鄉村景致，還真是個放鬆的好地方。
丹增用正確的方式準備了兩杯茶：他先是熱了壺身，量好五尖匙的錫蘭紅茶，倒入滾水，等候足夠的時間浸泡茶葉，輕輕地順時針搖晃茶壺，再逆時針搖晃，最後用過濾器將茶湯倒入杯中。與此同時，奧力佛則為我準備一碟牛奶。
我們三個就在這戶外，以老行家的正念默想，享用著茶飲點心。

直到他們都吃完了各自的餅乾，奧力佛才用餐巾擦了擦手，並打開膝蓋上的檔案夾。

「荷恩山寺的數字特別有趣呢。」他說。（Herne Hill Monastery）

丹增面露疑惑，拿起檔案審視了一遍。荷恩山寺是最偏遠的寺廟之一，雖然不大，那裡的僧團向來以專注於閉關靜坐而聞名。

「平均年齡，」奧力佛引述道：「八十四歲。」

「算是高的。」丹增表示同意。

「是所有調查表裡最高的。」

「我幾年前去過那裡，」丹增告訴他：「要說皺紋，那是藏不住的，但是那些比丘的舉止，他們的生命力，仍然是青春洋溢。若要談獨力修練的話，他們是很棒的個案研究材料。」

奧力佛點點頭，「在西方，我們還在努力學習意識是如何影響身體的。但是就在最近，有一些很棒的研究結果顯示靜坐可以延緩老化、端粒酶活動、基因複製等等，這一切加在一起……就變成八十四歲了。」

丹增咯咯笑著，「說是平均，」他強調：「其中有一半超過八十四呢。」

接下來一會兒，只有我舔著碟子非要把最後一滴乳脂清乾淨的嘖嘖聲。我舌頭每一次舔動都會讓小碟子鏗鏘碰撞奧力佛坐著的椅腳。於是，奧力佛伸出手來撫摸我。

「到底為什麼，」丹增沉思著：「西方人要那麼努力去瞭解心念影響身體呢？」

奧力佛思考這個問題時，兩人有一會兒都不說話，「心念被認為是一個有效的科學主題還只是一個世紀以前的事情。」

「大約是落後東方世界兩千五百年嗎？」

「沒錯。直到一百年前，西方科學界都只注意外在的世界。當時，人們大多認為心念是靈魂的一個部分——是宗教的議題。當科學家終於真正將注意力放在『意識』方面時，他們一開始也認為『意識』只不過是一種腦部活動罷了。」

「**心念就是大腦？**」丹增問。

「現在還是有很多人這樣想。」

奧力佛舉杯到唇邊，若有所思地啜著茶。「問題是，科學家真的沒辦法證明這個理論——好比解釋細胞如何產生意識。對我而言，那好像是說你的筆記型電腦有情緒一樣，是不可能的。」

「我是不是在哪兒讀過說記憶被儲存在大腦這件事也是沒有證據的？」丹增提出另

一則反對意見。

「是的。雖然花費數十億美元研究，但是仍然找不到證據。而且，這個理論還有其它的大漏洞，譬如說陷入昏迷的人，大腦完全沒有活動，但清醒後怎能描述具體清晰的感受？」

「這個理論非常沒有說服力。」這是丹增的結論。

「可是如果你知道有多少西方科學家仍然相信這個，你會很訝異的，」奧力佛說：「幸運的是，事情開始有轉機了。近來在量子科學方面的進展幫助我們看到西方科學與東方智慧之間最棒的交會。」

「也是古代與現代之間的……」

「也是外在與內在之間的，」奧力佛說，眼睛閃閃發亮，「佛教定義『心念』為『清楚認知的無形連續體』，非常契合於量子科學的理論，亦即『物質與能量是同一實相的兩個方面。E＝mc2』。」

丹增點著頭，「我也讀過關於量子科學沒有主體和客體概念的事。」

「確實，」奧力佛應和道：「**這也許給了我們一絲線索——為什麼能控制心念的靜坐者也能控制身體。**」

丹增點頭。「這個顯示為那個。」

這兩個男人繼續討論這話題，興奮地講到意識和療癒方面的事情時，我發現陽台上在他倆的椅子之間的地上有陽光，便湊過去來個餐後的梳妝打扮。我聽著奧力佛解釋，**「靜坐」和「醫藥」（meditation vs medication）這兩字源自於同一個拉丁文字根，medeor，原意就是「療癒」或「使……完整」。**他還解釋說我們的每一個念頭裡都帶著能量，能夠演繹成一個物質結果。還有，安慰劑效應如何為心念的力量提供了證據。

這種談話非常吸引我，因為我們貓族也是擁有心念的；我們也擁有意識。出現在貓族身體裡的念頭和感覺和人類是一樣的。**像「呼嚕嚕」這種行為，據說就是在一個能提升療癒的頻率上產生的共鳴迴響，這不就是我們貓族從內在就瞭解如何使用自己的意識「讓自己完整」的明證嗎？**貓族的壽命也像人類的壽命一樣，可能因個別的心念狀態而得以延長嗎？像我這樣的貓，住在一個不只充滿著生活必需品，也充滿著「愛的給予與接受」的真義的家裡，會比住在沒有慈愛的家裡，更可能得以自然老化、安享晚年嗎？

奧力佛接著說了個笑話，兩人呵呵笑的同時，我注意到他們身後的房間裡有些動靜。在通往陽台的門口傳來紅袍的咻咻聲——接著尊者便出現了。

那一刻就好像校長意外現身，看到學生們沒在讀書而是在玩樂那樣。而當時我的情況是，才剛剛進行到日常梳洗儀式中最曼妙的部分，也就是才剛剛抬起後腿兒，正要照顧我的私密禁區這樣……我抬起頭望著達賴喇嘛時，心想「好個措手不及啊！」

奧力佛和丹增作勢要站起身來。我則放下我的後腿兒。

「沒關係！坐！坐！」尊者做出手勢以示強調。

「尊者……」奧力佛開始說道。

丹增也幾乎同時開了口：「我們覺得……」

「有個會議臨時取消。我就早點回來了。」

「因為意見調查表的事告一段落，我們就開個小小的慶祝會。」

「很好，」達賴喇嘛點點頭表示稱許。接著，他手心向上朝兩人比了一下又說：

「看到你們一起開心工作，我很高興。」

他的嘴角牽引出謎樣的微笑。

同一天的午後，春喜太太被帶進尊者的辦公室。

「我想要親自向妳道謝，為我們準備了很棒的午餐，」達賴喇嘛在她身旁的椅子坐下來，牽起她的手，「我們的貴賓特別喜歡那道……怎麼說的……布利尼薄餅？」

「是，是……」春喜太太用義大利語連聲稱是，笑容燦爛。

他因關切而稍稍皺起額頭，繼續問道：「廚房裡壓力會不會太大？」

「噢，不會啊。」她搖搖頭，過了一會兒才又開口：「我在家休養的幾個星期讓我有時間好好想想。我想起了我剛剛開始在這裡備餐的時候，您給過我的忠告。」

然後，他們倆邊笑邊重回往日的美好記憶之中。

「您那時對我說：『簡單就好。』」

達賴喇嘛點了點頭。

「我想最早的那幾個月是最快樂的。我以前好喜歡被叫來為尊勝寺準備午餐喔。**但是我想我忘了要『簡單就好』。我想要更好，好還要更好。我想要……超越。**然後，我休養的時候，我就又想起來：要簡單。您從來沒有要我準備多複雜、多精緻的料理啊！您從來沒開口要求我要讓客人留下深刻印象啊！」她夾雜著義大利文說了這段話。

尊者呵呵笑說：「妳說得對。」

「所以，我現在要回歸『簡單就好』。這不是我個人想要怎樣，要做有名氣的大廚師……應該是要為了您的貴賓而準備的。為他們準備簡單、美味的飯菜。」

「非常好。謝謝妳！」達賴喇嘛再次伸出手，拍拍她的手，「知道妳因為心臟病而有一些有益的領悟，我很高興。妳正在培養內在平靜、知足、關注他者。」

他將雙手合十，向她致意，也預示了他們短暫的會面即將結束。

他們兩人都站起身來，春喜太太轉身向門口走去。走到了門邊，她卻停下腳步。

「尊者，感謝您，謝謝您為我和瑟琳娜所做的一切。」

他回報的笑意感染了周圍。

「有件事情也許您會想知道。她很快就會搬到這附近居住。就在門口那條大馬路再往下走一點兒，」她邊說邊指向那幢別墅的方向，「她和席德會在那裡組成家庭。」

達賴喇嘛點點頭。「她之前提過……說是工程有些延誤了？」

「對，對。但是後來沒事了。承包商答應會按照時間表完工。他們再過幾個星期就會舉行喬遷派對。我知道您不常去人家家裡拜訪，但我想還是應該跟您提一下，因為那地方離您這裡才十分鐘路程。」

「是隔壁鄰居啊……」尊者說。

「如果您能考慮來瑟琳娜和席德的新家祈福，對他們來說會是一個很棒的驚喜……」

一星期後，上班日的尾聲，尊者辦公室響起敲門聲。丹增和奧力佛來了，手中都拿著已完成的意見調查表列印出來的資料。這三個男人圍坐在低矮的咖啡桌邊好一會兒，盯著許多數字，與前幾個年度的結果比較，將一些有趣的發現摘錄下來——其中包括了荷恩山寺那群專心的靜坐者所享有的高壽。

直到把報告做完了，他們都往後靠到椅背上，丹增先看了奧力佛一眼，好像在徵求他的允許似的，接著才清了清喉嚨。

「尊者，關於行政助理辦公室的人事安排，我們有個建議。」

「繼續說。」尊者點點頭。

「在這個時間點上，這還只是個想法而已。但是您知道的，我們想要找到能取代邱俠位置的人選已經遇到了多少困難。」

「的確如此。」

在窗台上的我抬起頭來，並轉過頭仔細地看著他們。確實，誰會來坐在邱俠的位置不只對達賴喇嘛是極其重要的事情，對我來說也是啊。丹增之前考慮的人選當中，有一些人甚至不是所謂的「對貓友善人士」。像「猴臉尊者」——這是我為一個面目扭曲、身形乾癟的候選人所取的名字——此人特別堅持地刻意忽略我。我甚至都跳到他辦公桌的中央位置了，他還是假裝我不存在。

接著，還有一個「巨石比丘」，又名「辣手摧貓客」。這位身形如大山般的比丘，他所以為的「輕柔愛撫」差點粉碎了我的身軀。他在場不到半小時，我便暗自下定決心，只要在走廊上遠遠地聽到他的聲音，便絕不靠近行政助理辦公室半步。

「這次幫忙完成意見調查表的工作讓我瞭解到，我有一些處理寺院事務所需要的知識與技能，」丹增提議道：「而同時，奧力佛的語言能力在許多方面讓他比我更有資格勝任我目前所做的工作。」

「我明白了……」達賴喇嘛的表情嚴肅認真。

「真的只是個想法而已，在現階段，」奧力佛說：「而且，我們也還沒有跟任何人討論過此事。要找個擔任翻譯官的人也許是比較容易的……」

「或許，那個拉達克來的年輕比丘？」丹增提議道。

「我相信他會愈來愈勝任那個角色的。」這是奧力佛的評語。

尊者仔細端詳著奧力佛和丹增，「讓比丘當外交官，讓寺院外的居士協理寺院事務……」他沉思起來。

丹增與奧力佛則互看了一眼。

「通常，這樣的安排是行不通的，」達賴喇嘛搖著頭說：「但如果是你們兩個的話……」他臉上浮現笑容，雙手往兩旁打開說：「我認為……非常好啊！」

奧力佛和丹增走出辦公室，並將身後的門關上。達賴喇嘛走向我端坐之處，看著暮色灑遍院落。

「**我很高興他們自己認清了現狀**。」他撫著我的頸項，低語道。

我抬頭仰望，注意到他眼中的閃光。達賴喇嘛身為最具智慧的生命體之一，他可以看到絕大多數人無法看到的——雖然，對於他的觀察所得，他經常只保留給自己。但是也有些時候，就像現在這樣，他會與我分享這些祕密。對他而言，道路的方向一直都是不言而喻的。但其他人則必須一路上被人輕輕推著前進。

「這個想法我曾經想要建議過，」我「呼嚕嚕」地表示激賞時，他確認道：「**可是，有時候讓人們自己做出結論是比較好的**。」

所以說，那就是他要奧力佛去幫忙丹增做意見調查表的原因囉！與其說是請求支援，還不如說是安排讓這兩個人可以一起工作，並找出那個對他而言早已是再明顯不過的解決辦法。**「善巧方便」**是佛教中所推崇的，讓我很開心的不僅僅是達賴喇嘛將其發揮得很好，而且他還那麼信任我，把心中祕密說給我聽……

我翻過身來，將雙手和雙腿盡可能地伸展開來，渾身肌肉都震動起來。我要獻給尊者的是這片弓起來的毛絨絨肚皮……

「噢，小雪獅！」他得意地哈哈大笑，用手摩擦著我的肚皮，「妳知道的，這個我喜歡。」

親愛的讀者，我是真的知道，也很熟練喔。

善巧方便。

那天晚上我思忖著，正向的心念、耐心和巧思是如何地完成了這麼多事情的。每天晚上我都伴著達賴喇嘛入睡。每天早晨他起身時，我也隨他起身。一天之中有一大半時間我都坐在他的窗台之上。但是，我從來不曾見他壓力太大、自私自利，或想要主宰並控制什麼。他的念頭總是善意的，他只願他者安好。從這個擁有無窮慈悲的地方，有時候會產生最驚人、最神奇的事情。

那一天，尊者最後一位訪客是倫督格西。

「現在我們已經從碳十四年代測定法、筆跡學家以及我們最博學的一些學者那邊得到最後的結果了，」他神色振奮：「他們一致同意。那份伏藏的中間部分是偉大的五世親手寫的。」

「太棒了！」坐在對面桌旁的達賴喇嘛熱情地笑著，「而且也是原文吧？」

「的確是。」倫督格西點點頭：「內容也許不長，但所探討的是一個新的主題。我們找到了那份伏藏有三位作者。看起來是偉大的五世要求當代兩名主要的學者有所貢獻，結果此二人便就同一個主題，從稍微不同的角度進行論述。」

「是與現代高度相關的訊息嗎？」

「無論在哪一個方面都是伏藏，」倫督格西同意道：「但如果早個三十年被發現的話，這份伏藏可能就超越那個時代太多了。」

「對，對。我得仔細想想該怎麼處理才好。我想要請西方科學家來參與此事。」我想起了倫督格西第一次把伏藏內容的影印本交給尊者的那天晚上，尊者有多麼專注。

「好像是把類似量子科學的想法應用到療癒的領域上。」

「確實，」達賴喇嘛同意道：「科學家雖然早已瞭解物質也是能量，但是直到近年來，他們才開始追問如何將這個概念應用到醫藥方面。不是在身體上，而是在能量場上尋求療癒。」

「自從拿到這份伏藏我就一直在研究它的內容。寫得很清楚！也很深奧！」倫督格西的興奮感很有感染力，「我想它有可能是我有幸研讀的伏藏當中最重要，也是最新的。它有助於改變對療癒的基本態度。」

這兩位就這樣討論著第五世達賴喇嘛的文本。他們討論的內容，非常像之前我聽到丹增和奧力佛談荷恩山寺的靜坐者如何因其心念的特質而得到高壽。這份新伏藏似乎將此概念更進一步擴展，確認每一個念頭都有一個生物效應。心念的某些狀態如何影響著生理上的改變。如何不用物質，而是用心念的能量來對治物質問題。

不過，這次會談的話鋒轉向某件事情——某件攸關「某個生命體」個體意義的大事……

「如您所知，我把金屬管和皮革袋子都送去做碳十四年代測定，」倫督格西接著告訴尊者：「但是我沒有提到什麼貓鬚的事。」

達賴喇嘛呵呵笑了起來。

「他們好幾家實驗室都是相當嚴謹的。求證做得非常徹底。結果他們都發現了我們送去做碳十四年代測定的還有兩根貓鬚。有一根是在皮革袋子裡發現的，因為年代很近的關係，我在猜……」——他朝窗台這邊看了一眼——「是尊者貓的。另一根則是在文本的書頁之間發現的。」

尊者揚起了兩道眉毛。

「是三百五十年前的。」

「第五世達賴喇嘛也養貓？」

「那可不是隨便的貓。」倫督格西將身子往前傾，「報告裡說這根貓鬚和尊者貓的基因編碼幾乎一模一樣。」

「意思是……她倆是非常相似的貓？」尊者想要確認。

倫督格西點點頭。

「是喜馬拉雅貓？」

「或許正是尊者貓的祖先呢。」

這兩位轉過頭來望著我，而我正朝著院落遠眺，對他們的談話裝作毫不在意。事實上，我可是不會放過他們所說的一字一句的。

最近幾個星期以來，我花了很多時間反覆思量夢中的種種啟示，以及在我前生作為達賴喇嘛的狗時曾救過我的羅布和有力量的神祕男子。倫督格西揭露了四百年前的真相也帶給我另一層超凡的啟示：尊者之前的一個化身也曾有喜馬拉雅貓相伴！

那難道是我在十七世紀的化身？

直到後來，當我們倆都上了床，就要熄燈睡覺前，達賴喇嘛才向我說明我心中的疑團。他彎下身來看著我，我就躺臥在他床腳邊特製的毛毯窩裡。

「尊者貓，科學已經證實，我們已經做了幾百年的朋友了。我多幸運能有這樣的好伴侶啊！」

在隨之而來的黑暗裡，我滿懷感激地「呼嚕嚕」叫。對於我在現任達賴喇嘛的前半生曾經以另一個身分活過——雖說是以拉薩犬這樣的身分——這樣的想法我還不是很習慣。而今，說我們倆已經作伴好幾個世紀，這個啟示更令我不知所措。然而，這個啟示似乎給了我對此生一個更為全景的角度。

若把此生的生命看作是一個結構大得多的故事裡的一小部分，這樣的生命看起來是多麼不同啊！**若一生中所創造的業因可以在下一世中被看到展示出來，這會更有意義的。特別是像「開始靜坐」這種業因，以及第一次發現自己能夠管理自己的意識狀態這種業因。**

「小雪獅，沒錯，」達賴喇嘛在黑暗中對我低語。「生生世世，我們成長，我們改變。但是，有一件事情永遠都不會變：妳和我永遠都是好朋友！」

第十章

來訪嘉賓：達賴喇嘛。
「正念」是發現「心念」原初本質的關鍵。

真的能說某個人要比另一個人『好得多』嗎？

「受苦會帶來成長。不是這樣嗎，我的小雪獅？」尊者似乎在提醒我，我們倆一起看向窗外廟宇燈火的那晚，特別是，當時提到「蓮花」這個象徵的意義。「有時候，可能會用外在的事件帶來震撼，來幫助我們找到讓生活更有益處的方式。」

達賴喇嘛說：「……訓練心念也許很困難。但是有時候……」他摸了摸我的臉。

「有時候，我們隱約可以看到一個比我們自身要偉大許多的目標。那麼，一切就都值得了。」

在山下的「喜馬拉雅．書．咖啡」裡，有一個鐵定成為社交亮點的活動正熱鬧滾滾地籌畫著；那就是，瑟琳娜與席德的喬遷派對。

自從在工地與派特爾工程的老闆那場關鍵性的談話之後，別墅那裡就成了一片繁忙景象。瑟琳娜告訴同事說這是她從來沒見過的。突然間，房子裡湧進了好多木匠、電工、泥水匠，還有裝潢工人。派特爾先生承諾要趕上那個大幅縮短的新期限，也在現場強勢指揮著各項工作的進行。

甚至連廚房器具也開始出現了。派特爾先生之前告訴他們說根本無法取得的東西現在卻自動送達了，也悄悄安裝好了。所有的臥房、接待廳都上了新漆，打掃乾淨。塔樓的階梯也在短時間內修理裝潢完畢。到目前為止，只有席德上塔樓去過——身為一家之主，他堅持要親自主持裝潢、選傢俱的工作，以便瑟琳娜和紗若第一次上樓時一切都穩妥恰當。

「瑪哈拉吉都是這樣的吧。」瑟琳娜開玩笑說。

這個喬遷派對在本咖啡館是「萬眾期待」的另一個好理由是：它和每一個人都有關聯。有史以來第一次的週六夜晚，「喜馬拉雅．書．咖啡」將在晚餐時段關門休息。餐廳廚師札巴兄弟——吉美和晉旺將會移師瑟琳娜的別墅準備宴會美食。他們先前就與瑟琳娜多番討論，並設計出一份菜單，內容類似白金漢宮舉辦這類活動時會出的餐點，包括多種誘人的「小吃」——真的就是一口就能吃完的美味點心。庫沙里和一群精心挑選、年資最久的服務生將會在現場隨時輪番送出這些精心設計的餐點。

與此同時，法郎籌畫著娛樂節目的部分。這場小型晚會將會是整個派對的一部分。法郎為此還特地由艾文陪同，走訪了別墅好幾次，試試大鋼琴，也順順流程。他們兩人不肯確切告訴瑟琳娜計畫內容，只說「會觸及社區裡的每一個人」——這樣一句特別含糊的承諾。雖然他們像兩個頑皮的大男孩般討論著晚會計畫，時而竊笑，時而捧腹，不過瑟琳娜還是嗅得到事情正在進展。

至於瓦齊爾家，有關他們的事情發生了一個有趣的轉折。根據瑟琳娜的說法，席德打電話給瓦齊爾夫人，並且告訴她不要再干涉他的事時，他這位前岳母嚇得一句話都說不出來，她因為公然被抓到搞鬼而百口莫辯。這也是她第一次甚至連企圖否認自己暗下陰謀都省了。相反地，雖然她在電話的另一頭傳來冷若冰霜的回應，席德仍然能察覺她勉強同意了他所開出的條件：如果還想繼續與孫女見面的話，她必須遵守不同的規則。

紗若隔了一星期後打電話給她外婆，這位老夫人變得很客氣，保持著距離。這是我親耳聽見的，因為紗若在講這件事情的時候，我就坐在她的膝蓋上。她那個週末從寄宿學校返家，在週六的下午來到咖啡館。沒多久，紗若和我便坐在書店裡的一張沙發上。瑟琳娜坐在我們對面，兩位小姐正在討論的是一切準備當中最重要的大事：喬遷派對當晚她們要怎麼穿呢？她們討論著並排除了不同的選項。瑟琳娜提議，下午稍晚要出去買些搭配的飾品。

不意外地，她們聊著聊著就聊到紗若打電話給外婆這件事情上。

「她不想和我說話，」紗若說：「那種感覺好像是……她不能得到她要的，那就……隨便啦。」

「嗯，我不會假裝說我喜歡她，」瑟琳娜說：「但是，所有的人際關係都會經歷起起伏伏的階段。不需要看得太重，只是一通電話而已。」

「可是，她實在是很……」紗若聳聳肩。

瑟琳娜伸出手握了她的手一下，「我覺得很遺憾。」

「我才不覺得，」紗若馬上回答：「**我知道她只是在利用我而已。我不需要那樣的人。我已經擁有我需要的好人了。**」她彎下身來依偎著我，用鼻頭碰了碰我的鼻頭。

她的長髮再次像深色窗簾般遮住了我們的臉頰。「反正，」她若有所思，大聲說道：

「反正，春喜太太要比瓦齊爾外婆好得多了。」

瑟琳娜咀嚼著這句話的意思，兩人暫無言語。過了一會兒，瑟琳娜輕聲說：「嗯，她肯定是不一樣的。」

「不是。是好得多多了。」紗若坐起身來，搖著頭。

「真的能說某個人要比另一個人『好得多』嗎？」

「她做的巧克力餅乾好好吃。瓦齊爾外婆連燒個開水都不會，她得叫僕人來才能做事。」

瑟琳娜微笑著，「我媽是真的很會烤東西！」

「和她在一起也比較好玩。春喜太太總是……」她高舉雙手左右揮舞起來，「啦，啦啦，啦啦啦……」

「對，她是這樣沒錯！」瑟琳娜笑著說：「可是，只因為某人會讓妳笑，會烤餅乾給妳吃，這樣並不能說她就一定比另一個人『好得多』。」

「她愛我的小仁波切，」紗若說，音調轉而嚴肅起來，「瓦齊爾外婆卻說對她過敏。這已經說明了一切。」

瑟琳娜並未針對這點繼續說些什麼。紗若靜靜地坐了一會兒，撫摸著我。然後，她說：「要是仁波切可以來參加喬遷派對就好了。」

「寶貝，這主意不錯，但是我想，那樣的派對可不是貓咪會去的地方呢。」

噢，不會嗎？看來，就算是心地最善良的人類有時候也可能會搞錯噢！

「但是，我們很快就能帶她回家嗎？」紗若問。

「我相信她一知道我們搬好了，就會來找我們的。」

我等得了那麼久嗎？她為什麼這樣想呢？

還有什麼東西會比一屋子將開未開的包裝紙箱更能誘惑貓咪呢？

那天黃昏，我坐在窗台上的老地方。尊者在辦公桌前工作。他沒有接見訪客，在我享受義大利式午睡，睡醒後來點靜坐，跟著又到隔壁貓薄荷花園一遊的整個下午，他就這麼待在辦公桌前，讀書。

我想他讀得可夠了。

於是，我從窗台一躍而下，踱著步走向他正坐著專注看書的地方，一心以為只要我一現身，他便會為我分心。

結——果——沒——有——

我往前伸展讓身體超過他的右腳踝，再繞到他的左腳踝往後，用我全身奢華綿密的茸茸長毛按摩著他的雙腳。但，他完全沒反應。

有那麼一會兒我在想要不要用我的大牙咬咬他腳踝內最嫩的那一塊肉……後來，我決定採取一個不同的戰略。我從他的辦公桌邊，抬起頭來用我的藍寶石大眼睛仰望著他——然後，**喵～一下**……

「啊，小雪獅！」他立刻回應我說：「我沒理妳嗎？」他往後把椅子退開，彎下腰來將我抱起，並將我帶到了窗前。

「喵一下的力量～」他輕聲低語著，我們倆就站著遠眺尊勝寺的院落漸漸染上夕照餘暉。

午後斜陽的光線向著院落拋灑廣深的金色光。穿著涼鞋的僧侶安靜地從寺廟走回他們各自生活起居的小室。在大門口，那天最後一群觀光客還在拍攝寺院的照片，喜馬拉雅山脈則聳立在遠方。

接著，從達蘭薩拉市區方向傳來了救護車的警鈴聲。一開始不太清楚，但是車子穩定地愈來愈靠近，音量也愈來愈大，顯然是朝麥羅甘吉這座小山頭而來的。人們紛紛望向寺院大門口的方向，查探這聲音的來源。

然而，在救護車到達大門之前，警鈴聲卻嘎然而止，一如它先前的忽然響起。

達賴喇嘛將我抱得更靠近胸前。我們都想起上一次救護車離我們很近的事。

「受苦會帶來成長。不是這樣嗎，我的小雪獅？」尊者似乎在提醒我，我們倆一起看向窗外廟宇燈火的那晚，特別是，當時提到「蓮花」這個象徵的意義。**「有時候，可能會用外在的事件帶來震撼，來幫助我們找到讓生活更有益處的方式。」**

我靜靜想著這些話語。達賴喇嘛接著又說：「我知道妳已經發現了這一點。」

「我的成長雖是小小的一步，卻很重要」這點得到了尊者的認可，我不禁「呼嚕呼嚕」叫起來。當我細思自從春喜太太心臟病發，開始上第一堂靜坐課以來，已經過了好幾個月。我覺悟到關於這項溫和、深刻、足以改變生命的練習——單純地存在於此時此地——我已經習得了多少。

首先，我發現「因跳蚤而受苦」這件事，我並不孤單。我得知即使是人類，當他們開始嘗試靜坐時，也會經歷很大的內心騷動。可憐的春喜太太甚至認為自己沒有能力獲得內心的平靜，直到達賴喇嘛說服了她不是這麼回事。

格西拉針對「善待自己」的教導改變了法郎的人生，而且對我，以及我嘗試靜坐這件事也特別有相關性。**我發現，「強烈批判」將導致一事無成。**另一方面，只要有進步，哪怕只有一點點，都可能是一個重大轉捩點的標誌。我還記得有一天早上我面對著連續五天同款的早餐「海味糊」，加上當天在「喜馬拉雅．書．咖啡」沒有一個人招呼我吃午餐，我有多失望，眼睜睜地看著我非常喜愛的奶油嫩煎比目魚卻吃不到。我也記得我突然領悟到我心中深切的不滿，與其說是發生在我身上的事情，還不如說是我自己的心態所導致的結果。**我漸漸明白了一點，那就是雖然我無法改變世界，但是我可以改變我理解這個世界的方式。**雖然說直到那時，我在「正念」練習上一些小小的、看似無效的嘗試已經開始保護著我，讓我免於生命中必然的起伏動盪。那是一份多麼棒的領悟啊！棒到，呃……難道我是真的這麼想的嗎——棒到幾乎可以順理成章地接受連續五天吃海味糊當早餐的鬱悶。

「正念」讓這個世界變得更可愛。對春喜太太來說，「正念」讓音樂更可愛，花朵更嬌美。對我來說，「有正念」比起「沒有正念」可能帶來的結果，毫無疑問，是讓貓薄荷成為「令我更加心醉」的貓薄荷。**我學到的是：當我能做到真正全然的專注，當我敞開心胸，感官敏銳，我就能夠在最簡單的事物之中找到很大的喜悅。**

我也漸漸認識到我並不是只有五個感官。那位大名鼎鼎的網路媒體天后來訪時，尊者解釋說正如我們注意著自己所看到、聽到、聞到的東西一樣，我們也可以去注意自己的想法——不是與之共舞，而只是旁觀。**「可以從與每個曾經有過的想法糾纏，變成只要客觀地看著想法就好」**——這種根本上的改變對我大有啟發。正如陸鐸曾在瑜伽教室中說過，如果我們想要戒除舊習慣的話，創造空間、培養覺知是非常重要的。還有，正如我新交的朋友——尊者的司機——在花園裡所說的，**唯有當我們覺知到自己心中在想些什麼，我們才能在雜草堆中種出花朵來。**

聆聽來訪的「貓砂人」說他們公司如何受益於「正念」——員工變得更創新、更有生產力、有更高的工作滿意度，並建立團隊默契等等，即使這些東西和窗台上的貓咪並無直接相關，但是仍然相當有趣。

對我而言，與個人利益更為相關的是瑜伽師塔欽所指出的真相：**「守住此時此地」使我們免於對未來的焦慮，以及過去所造成的創傷。**這樣子對身體上所帶來的結果，正如奧力佛與丹增整理出來的調查結果所清楚顯示的那樣——就是會更健康，也更長壽。

然而，貫穿我過去這幾個星期所有遭遇的是尊者經常談到的一個主題。這也和阿妮卓瑪最近才對瑟琳娜所說的話有異曲同工之妙：**「正念」是發現「心念」原初本質的關鍵。**而我們發現：「心念」無窮無盡，光輝燦爛，雖然一開始只是隱約模糊的感覺，但是在感覺上，或是在理解上都是如此；就是當我們接近這些感受，便可體會到遼闊的寧靜感與永恆的幸福感。

「沒錯，我的小雪獅，」達賴喇嘛好像明確知道我在想什麼似的繼續說道：「我們所能找到的最偉大的『伏藏』並非埋在深山洞穴之中，而是在我們自己內心。**我們每一個個體都必須去發現那份我們早已擁有的寶藏，也就是『心念』本身的本質。我們唯一要做的事情就是移除障蔽，抖落跳蚤。**那樣一來，我們會發現自己最深刻的本質即為『純粹的大愛』和『純粹的大悲』。」

我棲身於尊者的懷抱中，感受到自己與這項美妙的真理前所未有的接近。

伴隨著理性的追求之外，我也一如以往對比較務實的事情充滿著好奇心。尤其是，關於「塔拉月彎大道二十一號」的最新進展，這也持續成為「喜馬拉雅·書·咖啡」每日更新的焦點話題。

一聽到席德和瑟琳娜的新家地板、地毯、窗簾都已經裝設完畢，我在原本昏昏欲睡的下午時分決定：是時候該去現場看看了。我順道於花園中暫停小解後，便繼續上路，走到「派特爾工程」招牌下方，這裡便是車道的入口處。我還發現已經裝好漂亮的門柱了——左手邊有黃銅製的數字「21」，右邊則是一個信箱。而現正敞開著的門很大很氣派，是鑄鐵鍛造的，漆成黑色。我發現門上的鐵條縫隙剛剛好夠一隻長毛貓蓬鬆鬆的身體穿過去，真是大大地鬆了一口氣呢。

我沿著車道邊邊往裡面走，發現車道上鋪設好平坦的碎石子，大小花園也開墾完善，雜草都除去了。花壇上有足量的堆肥，也種滿了各色開花植物。好個大轉變啊！

至於才剛剛油漆好、一塵不染的新家本身，它看起來就像之前一樣超脫凡俗、引人入勝，特別是還有個高高聳立的塔樓，襯著群山顯現出她這身由樹葉包覆的幽靜剪影。

雖然我渴望著再往裡頭走去，但是，親愛的讀者，我可沒辦法做到。有六輛大卡車就直接停放在前門外面。穿著各種不同制服的男性手拿著各種各樣的工具和裝備，在卡車和別墅之間匆忙來去。別墅內部則傳出電鑽、敲打和大聲喊話的吵雜聲音。派特爾先生在某處現身，他拿著手機貼著耳朵，用另一手指揮著一群工人小心地將水晶吊燈搬進前門。

我坐在一旁，所有這些活動都令我著迷。看到別墅內部做了改變，這就更叫我好奇不已了。但是今天，這裡可不是貓咪該來的地方。我得等待時機。我得靜候良緣。「不過，很快地，」我對自己許下承諾：「非常快，當障礙移除後，我便會回到別墅這裡。尤其，我想要走上那座高高的塔樓，然後從那一大片觀景窗裡向外遠眺。從高高的那裡，這個世界看起來會是什麼樣子呢？」真是好奇死了。

要達成這個簡單的目標，結果比我想像中的要更不容易，原因很簡單：別墅的工程、派對的準備活動還沒完沒了。從瑟琳娜在咖啡館裡所說的話看來，隨著喬遷派對愈來愈近，各項準備工作也愈來愈緊鑼密鼓。提著工具箱和防滴落遮蔽布的工人們，以及送來派對上要用到的外燴器具、鮮花、租賃桌椅的搬運工，一群接著一群。接近那個大日子之前幾天，庫沙里更是經常帶著他的服務團隊前來一再確認瑟琳娜與席德需要的每件物品都已備置妥當。

所以，我是在喬遷派對當日才覺得再次前往「塔拉月彎大道二十一號」夠安全了。那是喜馬拉雅山區的一個燦爛的午後時光，萬里無雲，空氣清新，蟲鳴鳥叫，整個世界似乎都沐浴在午後斜陽的溫暖餘暉之中。

走近別墅的車道入口處時，我注意到「派特爾工程」的招牌不見了。周圍的外牆和門柱看起來依然氣派，令我安心不少，而裡面的大小園子也都修剪整齊，一應俱全，而且好像已經這樣子好很久了。

車道上看不到一輛貨車或汽車真是讓我大大地鬆了一口氣。少了我首次來訪時的塵埃，以及上次看到的喧鬧，這棟別墅在午後斜陽中顯得寧靜迷人。裡頭大小房間的燈光都打開了，讓別墅散發著屬於它自己的溫暖。這是它第一次看起來是有人在裡面生活著的；它不再只是一棟房子，而是個「家」！那個擄獲你的眼睛——還有你的心——並向它拉過去的是我嗎？還是那個塔——那個擁有令人無法抗拒的力量的塔樓？

我冒險往前走去，上了露台。這裡過去曾經滿是灰塵污垢，現在則既乾淨又整潔，一排窗戶也是光可鑒人。我走進敞開的法式大門，裡面就是為派對精心裝飾好的大房間。那是一個很棒的沙龍式空間，奶油色牆壁，金色窗簾，壁爐周圍排列著天鵝絨沙發——我幾乎可以看見自己在一個寒冷的冬天夜晚蜷縮在其中一張沙發的模樣！舉目四顧，黃銅裝飾的有色玻璃杯中有微微燭光一閃一閃。華麗的巴洛克式和弦音樂不知從何處流淌而出，充滿整個空間。

永遠好奇的我一步一步走過繡工繁複的地毯，走出門口來到一個我之前看過的走廊。與先前來訪時無聊的空曠相比，這一次我發現了寶庫般的洞穴——有裝潢好的房間，曲折的廳堂，意想不到的階梯忽而上忽而下，還有屋內庭院。

我想起那汪死水池塘。現在，這裡有個噴泉往上噴出一縷銀絲般的水柱。水面下不遠，可見金色的大錦鯉如絲布般滑溜來去。這裡是一定要再回來的地方啊！

之前放置大鋼琴的音樂廳也經過類似的改造。奇怪的是，現在用桌椅還有牆上的畫作裝飾起來，這裡似乎還比以前大上許多。光亮的史坦威鋼琴置於所有傢俱的中央，琴蓋已掀開，樂譜也在譜架上待命了，毫無疑問，無論是什麼內容，那就是法郎與艾文為當晚所設計的節目。

在追溯我第一次遇見紗若的那個房間時，我的鼻孔抽動起來，我偵測到瑟琳娜的香水味兒了。我往她的方向加快腳步，並留心說話的聲音。雖然我知道自己正在折返，回到屋子前方，但是我的確是有點暈頭轉向了。來到某個轉角時，我聽見紗若在問：「我以為你說我們還得再等等？」

「我是這樣說啊，」傳來的是席德平和的男中音，「可是，我後來又想說我們可以先一起在這裡待一會兒，就我們一家子。」

「他很快就會到了！」瑟琳娜說著，聲音聽起來很興奮。

我轉出角落，來到一個小廳，席德正用鑰匙轉動一個門鎖，瑟琳娜就在他身旁。

紗若興高采烈地用腳尖不住彈跳。

「等不及了啦！」她一直這樣說著。

他們三人都穿上最漂亮的衣服。席德穿著尼赫魯式立領白襯衫和深色套裝，不折不扣就是高貴大君的模樣。而他身邊的瑟琳娜顯然就是他的王妃——她穿著珊瑚紅的禮服，配上黃金項鍊。穿著閃亮飄逸的土耳其藍紗麗服的紗若則顯得成熟了些。

第一個注意到我的人是紗若。

「我可以抱仁波切嗎？」她問她的父親。

席德和瑟琳娜轉身朝我看過來。

「仁波切！」瑟琳娜大叫，並向我走來。

「妳時間抓得很準喔！妳是怎麼知道的啊？」

席德先是不說話，只是熱切地看著我。

「與我們親近的人物有時候就是嗅得到這種事情。」他低聲說。

紗若彎下身來撫摸我。

「好啦，你剛剛才說：『就我們一家子。』」

「對啊，我是這麼說過，」他同意道。他轉動鑰匙，打開那個門。門後的階梯是不尋常的陡啊，「現在一家子全到齊了。」

紗若將我抱起來，並跟著席德和瑟琳娜走上階梯，很明顯這是他們第一次一起上塔樓。這座塔裡面又涼又暗。一階階的樓梯好像永遠也走不完似的。我很高興可以不用自己爬上去——在我能登頂之前，我的腿可能早就累歪了。

我們持續繞著彎往上爬，踩在新的原木樓梯上的腳步聲在空寂的塔樓內回音飄盪，直到最後傳來古老門鏈轉動的咯吱咯吱聲。席德領著大家要穿過上面的拱形門，金色的陽光從門縫穿進來。瑟琳娜先跟著他走上去。接著是抱著我的紗若也走到上頭光亮之處。

這裡要比別墅任何地方都要高。四面牆壁都裝設很大的觀景窗。我們走進來的時候正好目送夕陽西下。室內被染上金黃色的光暈——這種光線溫暖柔和，而且我們都知道稍縱即逝，因此更覺得奇妙。我們四個不發一語靜靜領受這光的洗禮。時間似乎也靜止了。真是不敢相信這樣的事會發生在我們身上。在這個特別的地方我們一家子首次團聚，也全都被天空中的萬千氣象給迷住了。

面向地平線的大窗透進來的光線仍然太強，令人無法直視；紗若將我帶到面向大花園的那面窗前。席德與瑟琳娜就站在我們身後，我們緊抱著彼此，一起欣賞下方連綿的綠茵與蜿蜒的車道。在金黃色的暮光中，庫沙里和他的服務團隊，穿著一塵不染的挺直白色制服，正在排列雞尾酒桌。由上往下望，花壇裡的開花植物，其顏色的對稱性更是驚人地明顯。從這個有利的制高點看下去，一切都是有禮、有節制、有秩序的。

走到對面窗戶邊，便與喜馬拉雅山脈面對面。從這個地方看過去，感覺離山峰好近，而且看起來也不是一個個尖角的山峰，而是一波波不斷向遠方綿延而去的山脈群。它們戴著的冰帽在日落餘暉中閃閃發光，自山邊往下流的河川宛如熔金。

我們聽見從塔樓下方傳來的回音。

「他來了！」

紗若衝回靠花園的那扇窗前，看見一個穿著紅袍的熟悉身影，正沿著車道向別墅走來。

在大家身後的席德默默溜走了。我們聽到他下樓的腳步聲。瑟琳娜便也要轉身隨他而去。

「我們要不要也下樓了呢？」紗若問道。

「也許不用，」瑟琳娜想了想後，這麼告訴她：「尊者的安全人員告訴他塔樓的事，他說也想上來看看。」

他當然會來看看的！達賴喇嘛也許已得到完美的開悟，也許比起大多數人，更能覺知到真相的更多層面，但是對於周遭的世界，他總是保持著孩子般的好奇心，而且從來都不害怕表現出來。屋子裡有高高的塔樓？哇嗚！他當然會想要來看看的嘛！

紗若和我站在窗戶前看著樓下的動靜。我們看到席德和瑟琳娜從房子裡走出去，以傳統方式為尊者獻上白色長巾。他一次接受一個人獻上長巾，之後便又會放回到他們肩膀上，同時以雙手稍微碰觸他們的頸部，低聲說出祝福的話。

很快地我們便聽到塔樓裡傳來腳步聲，不清楚的說話聲，還有達賴喇嘛富有傳染力的呵呵笑聲。他們正在走上塔頂。

達賴喇嘛現身在塔頂景觀廳的那一刻，太陽的光線偏移了，變得更為柔和，比較不刺眼。我們全都轉身直接面向地平線——**光進入了我們，而我們也完全浸潤在光之中，與它合一。**在尊者身旁，我們好像已轉化為光輝與極喜，他來到這個超然聖地好像是要提醒我們——我們自己的真實本性。

最後，達賴喇嘛轉身離開面向地平線這扇窗。他向紗若鞠躬致意，摸了我的頭一下，接著便在胸前雙手合十，低聲唸著曼陀。之後，他又走到俯瞰大小園林那扇窗前，接著走到眺望山景那邊，最後則是松樹林。松樹林的枝幹如海浪般湧動起伏，在金黃色的落日夕照下閃耀著。

他轉身面向瑟琳娜與席德，面露微笑。

「你們並不需要我的祝福，」他說：「你們在佛法上的修練已經讓你們能夠護佑這個家。」

瑟琳娜說不出話來，只是把雙手放在胸口前。

「尊者，謝謝您。」她身旁的席德說道。

達賴喇嘛輪流看著他們倆，然後看向紗若。她將我小心地放在這觀景廳中央的椅子上。「你們彼此之間的業報關係都非常正向。」他邊說邊點著頭。

我坐在椅子上時，紗若撫摸著我。

「她是我的小孩。」她低聲說道，回應著剛剛尊者所說的話。

「對，」他過了一會兒表示同意道，語調溫暖：「沒有什麼會比母女之間的連結更強大。」

他似乎回答了紗若方才所言，但是他說的方式好像在暗示著更多更多的事情。我抬起頭便看到紗若正看著我的雙眼。我們就這樣看著彼此，良久；然後，她低下身來親吻我的額頭。

在紅袍僧人簇擁下達賴喇嘛要離開了。他走下塔樓後，讓人領著大略參觀一下這棟別墅，接著便在安全人員陪同下走一小段路回到尊勝寺。

尊者前腳才離去，其他客人後腳就紛紛到達，他們每個人一轉進車道，看到了塔樓後，都說特別想要上去瞧瞧。春喜太太是第一個：雖然她花了好些時間慢悠悠地爬完階梯，但是從塔頂望出去的景觀令她頓生敬畏，所以她也像我們之前一樣暫時收攝起自己，一反常態地以靜默致敬。不一會兒，法郎和艾文也跟著上了塔樓，然後趁著西邊還有餘光，席德和瑟琳娜堅持要廚師還有服務團隊都上去賞景。我在這景觀廳的中央扶手椅上蜷縮著，打著瞌睡，即使周圍的訪客川流不息，樓下還傳來的各種聲響——有音樂，有笑聲，還有開香檳酒的啵啵聲，但我還是忘了時間。

當我感覺到紗若的臉頰貼在我頭上時，時間一定已經相當晚了。

「仁波切，對不起哦，我忘了帶妳下樓。」

她將我擁入懷中，並走到園林觀景窗那邊。我往下一瞧，各個草坪上有各種顏色的派對燈光交叉閃爍，女士們穿紗麗服戴珠寶，男士們著深色外衣，服務生們穿梭遞送各色開胃點心。

有某種香噴噴的魚料理味道從塔樓的樓梯井飄送上來。我現在完全清醒了，真高興紗若來帶我下樓。

「要吃點兒東西嗎？」她提議。

正合我意！

派對氣氛正熱。她抱著我走過客廳，裡面擠滿了客人，也滿是鮮花擺設和誘人香味。到了面積寬敞的廚房，她將我安置在早餐桌旁的木椅上。庫沙里很快便送來了一份烤魚讓我品嘗。

我在用餐時，紗若便走了；我很高興她容我自便。晚餐後，我從椅子上跳下來，從容走出後門。我信步繞到屋子前方，沿著車道走打算離去。我不需要留下來參與之後的派對活動；我在塔頂觀景廳所看到的、在那兒聽到尊者所說的便已足夠。**那樣的「光」在未來很長的一段時間將會持續照亮我。**

在回尊勝寺的那一段路上，我走經我的花園，並決定在回到家前，先來上個洗手間好了。花園空無一人，只有銀色月光為我照明。我找到一處土壤鬆動的花壇完事。正要拾級而下時，突聞咯吱聲響。一轉身只見小屋木門敞開，風一吹便搖動起來。

我還記得上一次進去探險的事情。我進去才不到一分鐘，司機就出現，害我卡在兩個麻布袋之間。想來那裡還有很多很多沒看過的東西呢。

我悄聲走過草坪，踏進屋內，到了裡面先分辨一下腐植土和覆蓋物、農藥和肥料鮮明對比的各種氣味。司機似乎是匆忙間離開這裡的——鐵鏟就丟在地上，一旁則是廢棄的修剪用大剪刀，還有園藝用手套。我正在這些東西上嗅聞時，又聽到咯吱聲。但是這次更大聲，也響得更久，而且跟著來的是震耳欲聾的「砰」一大聲。小屋內就陷入完全的黑暗了。

我領悟到發生了什麼事後，反射性地喵喵叫起來。我孤身處於陰冷的黑暗中，化學藥劑的氣味好像也更濃了。難道這裡將是我要度過今晚的地方？在沒有辦法開門，也沒有其他出口的情況之下，我會被關在這裡直到司機下一次到來嗎？他何時才會來呢？在塔頂觀賞奇景後，我就這麼註定會因農藥中毒而死在這兒嗎？

我拚了老命不停地喵喵喵，感到非常無助。我到底要怎樣才能擺脫如此困境？我在小屋裡面來來回回上上下下翻找，滿心期望能找到逃生出口。我在找一個什麼縫隙，甚至是一個能避開有毒氣體的小洞都好。

突然間又有咯吱聲響起。我抬眼張望，只見門被很用力地拉了開來。

我感到有兩隻又大又強壯的手臂將我往上拎起。被拎到安全處所那種感覺像是感受到一種很原始的巨大力量。而此一感受，讓我想起我又像上次一樣獲救了。那雙手是一樣的！是同一個人的！就是當年我被綁在羅布胸前要逃出西藏時，從我必死的命運中將我救出的高大男子！

他把我送出屋外，我抬起頭來看著他的臉。雖然我早就已經感知到他是誰了……司機！

那晚後來，尊者在他的書桌前研讀「偉大的五世」的伏藏。我則心滿意足地坐在窗台上，俯視寧靜的院落，回想著近來我經歷過的這些愈來愈令人震驚的新發現。

當廟宇中最後一節靜坐結束，尊勝寺的比丘們紛紛離去，回到居所準備就寢，達賴喇嘛從桌前起身，並走到窗台邊，坐在我的身旁。我們共同觀看廟宇燈光漸次熄滅的夜間儀式，先是黃金屋頂，然後吉祥象徵物也沉入黑暗之中。接著是階梯。最後，是盛開的蓮花。

尊者沒有必要提醒我這朵蓮花的意義，或者「苦難」如何能變成「超然」的催化劑。我已經開始靠自己去發現了。雖然我才剛剛開始要瞭解的，是「心念的伏藏」這份寶藏。**在我自己和與我最親密的人們之間，這些連結是如何編出這張織錦——比起我所能想像的更為豐富，也更為複雜。**

「我的小雪獅啊，讀這份伏藏讓我備受鼓勵，」達賴喇嘛在我身旁低聲說：**「有時候，我們需要被提醒自己的能力所在。我們或許都會相信任何人都有自己的獨特能**

力。訓練心念也許很困難。但是有時候……」他摸了摸我的臉。

「有時候，我們隱約可以看到一個比我們自身要偉大許多的目標。那麼，一切就都值得了。」

我轉身用我的小臉磨蹭著他的手。我想，我已經看到這樣的目標了。而這一切都歸功於他的鼓勵，我也將永遠對此深深感恩。

最棒的是，我知道這是一趟只會愈來愈好的旅程。

尊者貓的靜坐教學

為自己找到一處安靜的角落，可以坐下來，不受打擾。最好是貓咪會覺得舒適並且安全的那種地方，好比你臥室地板上一塊有陽光的地方。要確定你已經將手機改為靜音模式。選一個輕柔的鬧鈴旋律，然後設定十分鐘。不必用兩腳雙盤的蓮花坐姿。如果你喜歡，就把沙發上的軟墊子拿幾個下來，放到地板上，然後就座。要是你覺得還是坐椅子舒服，那就坐椅子，不過背部一樣要挺直哦。

保持背部挺直，但要放輕鬆，把雙手放在膝蓋上，右手掌放在左手心上，好像一個貝殼的形狀般。兩個大拇指指尖的部分要貼住，讓能量圈關閉起來。肩膀舒適地往後拉。閉上雙眼，讓臉部肌肉放鬆。把舌尖輕輕抵住門牙後方。如果你的心念很活躍，就稍稍把頭往下傾；如果覺得累，就把頭頸挺直。

允許你自己活在此時此地，不要去想任何你平常關切之事。從這一刻起，當你靜坐時，就讓任何你一直在想的事情變得完全不相干。把「此刻」從日常心理活動中抽離。把「此刻」用來恢復、平衡、充電。試著讓意識狀態純淨——沒有過去，沒有未來。只要守住此時此地。

要意識到你現在已經成為一塊「貓咪磁鐵」。如果你願意與一位貓族朋友分享生命，幾分鐘之內，他或她一定會現身。

大聲念出或默念以下宣言，以便為此次靜坐訂下目標：

經由這次靜坐練習

我將變得平靜、放鬆

我會更快樂地、更有效率地去做所有工作

既為自己，也為他人

把注意力放在鼻孔。當你吸氣和呼氣時，專注在呼吸的感受上。當你吸氣時，要感覺吸氣的動作——然後呼氣——。下一個呼氣時，在你心中默念「一」。接下來的呼氣就接著數二、三、四。數息的方式以四次一輪，同時要專注於氣息在鼻孔中通過時所帶給你的感受。

靜坐時，可以留心你的呼吸會自然放慢。好好觀察每一次吸氣和呼氣是如何開始、成形、結束的。如果你的念頭到處飄蕩或陷入昏沉，只要將念頭（心念）帶回你的冥想目標，也就是你的呼吸即可。

手機鬧鈴一響，先注意你的呼吸是否放慢多了，你的身體和心念是否放鬆多了。然後就像開始時一樣，念一段宣言結束此次靜坐：

經由這次靜坐練習

我已變得平靜、放鬆

我會更快樂地、更有效率地去做所有工作

既為自己，也為他人
願所有生靈擁有幸福快樂
以及幸福快樂的真實緣由
願所有生靈免於受苦受難
以及受苦受難的真實緣由
願所有生靈享有身體健康、充滿活力、豐盛富裕
願所有生靈找到自己生命的最高目的
並能鼓勵他者不斷前行

請把那位已經呼呼大睡的貓咪朋友，從你的膝蓋輕輕挪開，然後起身。

國家圖書館出版品預行編目(CIP)資料

達賴喇嘛的貓．3，心念的力量／大衛．米奇(David Michie)著；江信慧譯．-- 二版．-- 臺北市：商周出版：英屬蓋曼群島商家庭傳媒股份有限公司城邦分公司發行，2025.07
面；　公分

譯自：The Dalai Lama's cat and the power of meow

ISBN 978-626-390-601-3（平裝）

873.57　　105024903

達賴喇嘛的貓3：心念的力量（好評改版）

The Dalai Lama's Cat and the Power of Meow

作　　者／大衛．米奇（David Michie）
譯　　者／江信慧
審　　定／楊逢財
責任編輯／賴妤榛

版　　權／吳亭儀、江欣瑜
行銷業務／周佑潔、林詩富、吳淑華、吳藝佳
總 編 輯／徐藍萍
總 經 理／賈俊國
事業群總經理／黃淑貞
發 行 人／何飛鵬
法律顧問／元禾法律事務所王子文律師
出　　版／商周出版
台北市105南港區昆陽街16號4樓
電話：(02) 25007008　傳眞：(02)25007759
E-mail：ct-bwp@cite.com.tw
Blog：http://bwp25007008.pixnet.net/blog
發　　行／英屬蓋曼群島商家庭傳媒股份有限公司城邦分公司
台北市105南港區昆陽街16號8樓
書虫客服服務專線：02-25007718、02-25007719
24小時傳眞服務：02-25001990、02-25001991
服務時間：週一至週五9:30-12:00；13:30-17:00
劃撥帳號：19863813；戶名：書虫股份有限公司
讀者服務信箱E-mail：service@readingclub.com.tw
香港發行所／城邦（香港）出版集團有限公司
香港九龍土瓜灣土瓜灣道86號順聯工業大廈6樓A室
E-mail: hkcite@biznetvigator.com
電話：(852)25086231　傳眞：(852)25789337
馬新發行所／城邦（馬新）出版集團 Cite (M) Sdn Bhd
41, Jalan Radin Anum, Bandar Baru Sri Petaling, 57000 Kuala Lumpur, Malaysia.
Tel: (603) 90563833 Fax: (603) 90576622 Email: services@cite.my

封面設計／張福海
排　　版／極翔企業有限公司
印　　刷／卡樂彩色製版印刷有限公司
總 經 銷／聯合發行股份有限公司
新北市231新店區寶橋路235巷6弄6號2樓
電話：(02)2917-8022　傳眞：(02)2911-0053　客服專線：0800-055-365

■2017年3月2日初版
■2025年7月31日二版

Printed in Taiwan

定價／380元
版權所有，翻印必究 ISBN 978 -626-390-601-3